集英社オレンジ文庫

かぐら文具店の不可思議な日常

高山ちあき

かぐら文具店の不可思議な日常

もくじ

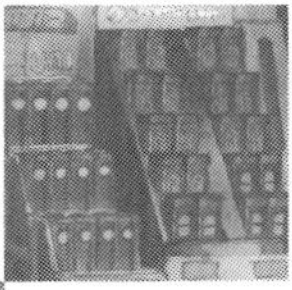

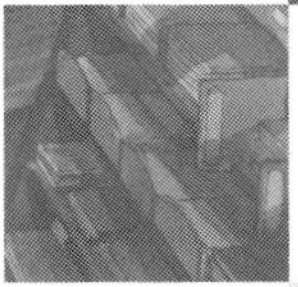

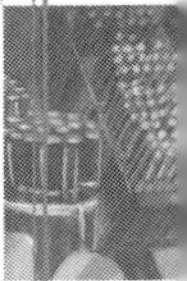

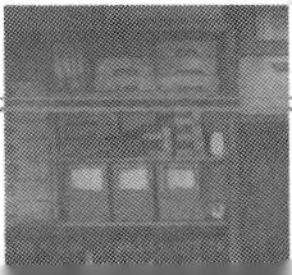

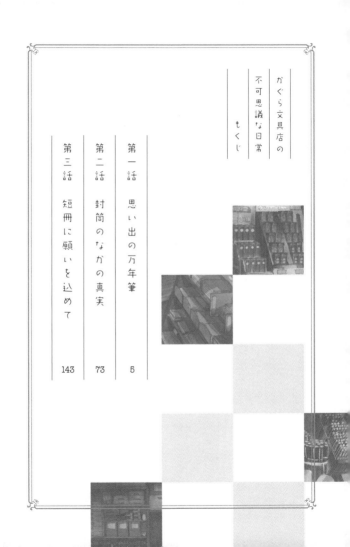

イラスト／六七質

第一話　思い出の万年筆

1.

四月に入り、都内の桜も少しずつ散りはじめていた。

薄紅《うすべに》色の桜の花びらが、雪のようにはらはらと降ってくる。

璃子《りこ》は目の前におりてきた花びらを手のひらで受けようとして、やめた。

どんなにきれいに桜が咲いても、璃子には哀しいだけだった。


その文房具店は、都内某所《ぼうしょ》の、都市開発からとり残されたようなさびれた町並みの一角にあった。店の前に小学校があるため、昔から小学生御用達《ごようたし》の文具店として細々と続いている古めかしい木造二階建てで、通りと店内はガラス張りの引き戸で隔《へだ》てられている。

営業中のようで、まん中の一間は戸が開け放たれていた。

二十歳《はたち》の水瀬《みなせ》璃子は屋根を見上げた。

『かぐら文具店』と屋号の書かれた、ところどころに錆《さび》や傷のある看板は小学校時代と変わらない。ああ、こんな感じの文房具屋さんだったなと思いながら、店の中に入ってみた。

「あ……」

紙とインクの匂《にお》いがして、璃子は時間《とき》が一気に小学校時代に戻ったような錯覚《さっかく》をおぼえた。そう、この匂い。深く渋いインクの匂いと、香ばしいような紙の匂い。かぐら文具店からは、なぜかいつもこの匂いがした。

棚《たな》にならんでいるのは色とりどりのペン、はさみ、大学ノート、画用紙、消しゴム等々。緑色の連絡帳や、ばら売りの絵の具チューブなどは、目にするのもひさしぶりなので懐《なつ》かしかった。

正面の右手は勘定場《かんじょうば》で、二畳《じょう》ほど座敷になっている。当時はそこで着物に割烹着《かっぽうぎ》を着た元気なお婆《ばあ》さんが店番をしていて、いたずらっ子の男の子を気丈にあしらったり、おしゃべり好きな女の子たちと陽気に話していたものだ。おとなしかった璃子は、買い物をしながら黙ってそれを眺めていた。

いまでもそこには丈の低い帳場格子《ちょうばごうし》に囲まれた勘定台があって、古いまま変わりなかったが、店番をしているのは璃子の記憶にあるお婆さんではなかった。

「いらっしゃい」

店員は煙草《たばこ》をくわえた若い男だった。先代に倣《なら》ってか、いまどきめずらしく藍染《あいぞ》めに細かい縞《しま》模様の袷《あわせ》を着流している。やや色白で、目鼻立ちは涼やかに整った美形だったが、青年というには若すぎるし、少年というには年をとりすぎている、いわゆる年齢不詳の容姿で、和装のせいか、どこか浮世離れした印象もあった。

「なにをさがしてるの?」

璃子がペン売り場の前でインクを探していると、店員は勘定場から、くわえ煙草をやめてのんびりとたずねてきた。

煙草だと思っていたのはキャンディーの柄だった。ルビーのような深紅の飴玉《あめだま》が先っぽにくっついていたのだ。

「この万年筆のインクが欲しいんです」

璃子は緊張しながら手提げ鞄《かばん》の中から万年筆をとりだした。

「ボトルインク?」

店員は履物《はきもの》をはいて璃子のほうにやってきた。

「いいえ。カートリッジインクだと思います」

璃子も詳しくないのだが、万年筆のインク補充法は、あらかじめインクが入っている小《こ》筒《づつ》を交換していくカートリッジ式や、本体をまったく分解せずに、ペンの先から直接インク瓶《びん》のインクを吸いあげる吸入式など、様々なタイプがある。見たところ璃子の父の万年筆はカートリッジ式のものだった。

「見せて」

店員はキャンディーをふたたび咥《くわ》えてしまうと、璃子に手を差し出してきた。

「父のもので、この文房具店で買ったのだと母から聞いたので……」

やる気はなさそうだが、意外と話しやすそうな店員だったので、璃子は万年筆を手渡した。それは、かつて父が愛用していた舶来《はくらい》の万年筆メーカー・キャメロン社のものだ。

なめらかな形を描く流線型の万年筆で、軸《じく》部分は高価な黒漆《くろうるし》仕上げだった。天冠《てんかん》やクリップなどは上品な金色塗装がほどこされている。ハート穴から先端にむかってスラッシュの入ったペン先《ニブ》は、装飾的なキャメロン社の刻印と、中字であることを示す「M」の字が刻まれたリッチな18K製で、鋭いけれど美しい。

「いい万年筆だね。キャメロン社のは、たしかにうちで取り扱ってるよ」

店員は手にした万年筆を眺めながら素直に褒《ほ》めてくれた。

父はとても字の上手《じょうず》な人で、璃子は幼いころ、父がその万年筆を手に、机にむかって書き物をしているのを眺めるのが大好きだった。

尖った不思議な形をしたペン先が、流れるようになめらかに文字を紡《つむ》ぎだす。紙にしっとりと馴染《なじ》むインクの色合いとほのかな香り。それは夜明け前の空のように青みがかっており、璃子がときどき使う水性ボールペンよりもずっと瑞々《みずみず》しい発色で、ペンそのものにも重みと高級感があった。

　自分も父のような字を書いてみたくて、貸してと何度もお願いしたけれど、まだ璃子にはむずかしいからだめだよと言われ、決して使わせてはもらえなかった万年筆だった。

「でもこいつは、けっこう昔の限定モデルのみたいだからインクはどうかな」

　店員は万年筆のペン先を眺めながらつぶやいた。

「限定モデルなんですか？」

「ああ。キャメロンは流線型のものは滅多《めった》に出さないから。それに、ここを見てごらん」

　店員はペン先の裏側を指さした。

「この部分は万年筆の心臓部でペン芯というんだけど、この万年筆はここがエボナイトっていう古い合成樹脂《じゅし》でできている。最近はプラスチック製が主流で、キャメロン社ももうこのエボナイト製のペン芯のものは作ってないんだ。インクが馴染みやすいから今でもこだわって使ってるメーカーはあるけどね」

「じゃあ、インクもないってこと？」

「流通在庫をあたることになるけど、年代物の上に限定モデルだからな……。ちょっとまってて」

　店員は袂《たもと》からスマートフォンをとりだすと、なにかを調べはじめた。

待っているあいだ、璃子は店内を眺めた。

晴天なので天井の蛍光灯は灯されておらず、視界はほの暗い。

棚には馴染みのある文房具たちが、真新しい装いで所狭しとならんでいる。

昔、宿題をやろうと思ったらノートのページが足りなくて、慌ててここに走った。絵の具の白色を切らしたときも、かきぞめ用の書道用紙が必要になったときも、買いに走ったのはこのかぐら文具店だった。品物は、決まって小さな苺《いちご》模様のついたレトロな紙袋に入れられた。

なにも変わっていない。璃子が義務教育を終えて、高校と簿記の専門学校を卒業して二十歳になるまでのあいだ、この文房具店はずっと昔のままここにあったのだ。古い小さな冷蔵ショーケースに瓶牛乳がならんでいるのには、とりわけ懐かしさをおぼえた。

まだ売っているのかと、璃子は内心くすりと笑ってしまった。この文房具店ではなぜか飲料も売られているのだ。ふつうの牛乳とコーヒー牛乳、夏にはラムネも入る。

ほかに、ガチャガチャや紙ふうせんやピロピロ笛、しゃぼん玉など、取引をやめるきっかけがつかめないまま今日まで売られているといった感じの昔ながらのおもちゃが、目立たない一番下の棚にひっそりと置かれている。

もとが雑貨店だった名残《なごり》なのだと聞いたことがあるが、駄菓子店との境界線が曖昧《あいまい》なのもこの文房具店の特徴だった。

　ほどなくして、

「ああ、この万年筆は両用タイプなんだな」

　スマホを見ていた店員がつぶやいた。

「両用タイプ?」

「カートリッジでもコンバーターでもいけるやつのことだよ」

「コンバーターってなんですか?」

　璃子はつい訊き返していた。専門用語がどんどん出てきて頭がこんがらかってしまう。

「万年筆用のインク吸入器のこと。そいつを本体に装塡《そうてん》してインク瓶にペン先を突っ込み、インクを吸いあげる。そうするとインクが補充されてまた書けるようになるんだよ」

「そういえば、父がインク瓶にペン先を浸している姿を見た記憶があります」

「それっぽい部品を見たことはない?　いま、これにはついてないみたいだけど」

　万年筆を捻《ひね》ってふたつに分解してみた店員は、中が空《から》っぽなのを見てたずねてきた。

「はじめから中は空でした。インク関係のものはどこにもなかったと思います。でも、あたらしい物が手に入ればまた書けるようになるんですよね?」

「うん、と言ってあげたいところだが……」

店員はひきつづき画面で確認しながら言う。

「現行のキャメロン社のコンバーターは、この万年筆にはもう使えないみたいだな。口部の形が合わないらしい。いまざっと見たところでは、コンバーターもカートリッジインクも入手するのは難しそうだ。ヴィンテージものは手放さない人が多いからなぁ」

うーん……と、璃子も内心呻《うな》ってしまった。なかなか前途《ぜんと》多難《たなん》な万年筆のようだ。

けれど、まだあきらめたくはない。

「同業の店をあたってみてもいいよ。デッドストックを扱ってる知りあいがいるんだ」

店員が快《こころよ》く申し出てくれるので、璃子はつられて頷《うなず》いてしまった。

「ぜひ、お願いします。この万年筆、父の形見みたいなものだから、どうしても使ってみたくて」

「形見みたいなもの？」

曖昧な言い方をしたのがひっかかったのだろう。実際、璃子の父の生死は曖昧なのだ。

父は一年前のちょうどいまごろ、秩父《ちちぶ》の山で、趣味だった登山の最中に行方《ゆくえ》不明になったきり、いまだに消息がつかめていない。生きているのか死んでいるのかもわからない。

登山計画書に従って警察や消防、山岳警備隊による捜索が行われたが、手荷物のひとつも見つからなかった。ごくありふれた平凡な家庭に起きた、ゆいいつの非日常的な事件だった。

けれど父が戻らないまま丸一年が過ぎて、母はついにこの春、父の書斎を片付けはじめた。その最中に、この万年筆が出てきたというわけだ。

璃子は、その万年筆には見覚えがあった。璃子が小学一年生のころ、父が失くしてしまったと言っていたものだ。母曰《いわ》く、発見時には父の机の一番上の抽斗《ひきだし》の奥に、購入時とおなじ箱にきちんと入れてしまってあったのだという。

「処分するのは惜しいのでわたしが貰《もら》うことになったんですけど、インクがなくて……」

そう、この万年筆にはインクがなかった。

父が失くしたと言ったのは、万年筆本体のことではなく、コンバーターのことだったのだろうか。だから抽斗にしまいこんだのだろうか。

話を聞き終えた店員は、ばらした万年筆を元に戻し、璃子に返しながら言った。

「たしかにこのまま処分するのはもったいないな。親父《おやじ》さんが帰ってきたら、また使いたがるかもしれないし」

璃子は、父が帰ってくる可能性を口にした人をひさびさに見たと思った。

行方知れずのまま一年も経つと、もうまわりはだれもが死んだと思い込み、生存など信じなくなる。璃子でさえ、もう期待はできない状態になりつつあるのに。

そもそも初対面の相手に、人見知りの自分が行方不明の父のことまでを正直に話してしまったことが自分で不思議だった。

「やっ」

そこで突然、なにか白いものが璃子の肩先から腕を伝っておりてきた。見たことのない小動物だ。ハツカネズミよりもさらに小さくて身がひょろ長い。

「なに？」

驚いた璃子がとっさに腕からふり払おうとすると、店員の手がぬっと伸びて、それを捕まえた。

ききっと抗議するような小さな鳴き声があがった。かと思うと、白いのはそのまま彼の袂に荒々しく押し込まれてしまった。

璃子は目を瞬いた。

「それ、なんだったんですか？　白くて尻尾《しっぽ》みたいなのがあったけど」

見間違いでなければ、尾は三本もあった。耳が尖っていたので、ネズミというより手のひらサイズの狐《きつね》のようだ。

「お客さん、いまの見えちゃったんだ」

店員はキャンディーを片頬《かたほお》によせたまま、興味深げに璃子を見おろしてくる。

見えちゃった――まるで見えてはいけなかったような言い草だ。

「あれはもののけだよ」

「もののけ？　おばけのこと？」

「そう。管狐《くだぎつね》っていう使い魔の一種で、〈黄泉比良坂《よもつひらさか》〉で竹筒《たけづつ》の中に入ったのが売られているんだ。浮世に未練のある人が遣わす場合が多い」

店員はさらっと不可思議なことを言った。

なにを言いだしたのだろう、この人は。

いきなり現実ばなれした話をされて、璃子はぽかんとしてしまった。

「〈黄泉比良坂〉って聞いたことない？　『古事記《こじき》』の神話なんかに出てくるんだけど」

どこかの店の名前だろうか。

「古典は苦手で……」

読書は好きだが、古典は読まない。

「〈黄泉比良坂〉ってのは、あの世へと続く路《みち》のことだよ。人間はなにか伝え忘れたことや、やり残したことがあると三途《さんず》の川を渡らずに、その黄泉路《よみじ》に留まってしまうことがあるらしい」

「つまりそこは、成仏《じょうぶつ》できない人の溜まり場みたいなものですか？」

「まあ、そんなとこかな」

璃子は押し黙った。店員はまじめに話してくれるが、虚偽の区別がいまいちつかない。でも、さっき見た白い生き物がほんとうにもののけだとしたら、この男が言っていることも嘘や冗談ではないことになる。

真っ先に浮かんだのは父のことだった。もしかしてこの管狐は父が遣わしたのだろうか。だとしたら、父はもう死んでいることになる。

「ああ、あいつはきみに用があるとは限らないから心配しなくていいよ」

店員は、璃子の顔が曇ったことに気づいたらしく、いちおう取り繕《つくろ》うように言う。

「もののけは、いつから見えてんの?」

「今日がはじめてだと思います」

「そっか」

なにかの見間違いではないかと半信半疑ではあるが、璃子はオカルト倶楽部《くらぶ》の座談会にでも出席しているようなうすら寒い心地にもなってきた。これまで見えていなかったのに、急に見えるようになっただなんて薄気味悪い。

店員は勝手に話しだした。

「俺なんか十歳のころからずっと見えてるよ」

「十歳？」

　璃子はぎょっとする。

「そう。十歳の夏に交通事故に遭《あ》って、生死の境をさまよったのをきっかけに見えるようになったんだ。もののけは、とり憑《つ》かれた場合をのぞくと、心に穢《けが》れのない子供や、臨死《りんし》を体験した人なんかが見えてしまうらしい」

　では、子供でも臨死体験者でもない璃子は、何物かにとり憑かれているということになるのだろうか。

「お客さん、名前は？　それと電話番号ちょうだい。インクがみつかったら連絡するから」

　店員はもののけの話題をきりあげた。

「水瀬璃子です。番号は――」

　璃子は迷ったが、自宅の電話番号を告げておいた。

「璃子さんな」

　店員は彼のスマホにその番号を記録した。

「あの……、わたし、この近所に住んでいて、小学校時代はよくここに学用品を買いに来ていたんですけど。昔ここにいたお婆ちゃんは？」

璃子はなんとなく気になってたずねてみた。

「元気だよ。俺はあの人の孫なんだ」

「あ、お孫さんなんですか。失礼ですけど、いまおいくつですか？」

年は自分と近そうだが、当時、このかぐら文具店に子供なんていただろうか。記憶にはない。

「今年で二十歳《はたち》」

「ということは、わたしのひとつ下の学年……？」

「ああ、そうなの？　でも小学校にあがってからは一カ月しかここに住んでなかったから、俺のことはだれも憶えてないと思うよ。戻ってきたのも最近なんだ」

「そうなんですね」

学年は違うが、年齢が近いというだけで親近感が湧いた。しかし家庭になにか複雑な事情がありそうな人だ。

「俺の名前は遥人《はるひと》。ハルでいいよ」

遥人はにこやかに言った。笑うと、それまで涼しく整っていただけの顔が人懐《ひとなつ》っこくて柔和《にゅうわ》な印象に変わる。

璃子はどぎまぎしてしまった。いくらなんでも初対面の相手の名をいきなり呼び捨てになんてできない。

「と、とにかく、インク探しのほうおねがいします」

少し赤くなりつつ、軽く頭をさげておいた。それから出入り口のほうに向かおうとしたのだが、

「待てよ」

いきなり彼の手が伸びて、璃子の行く手をはばんだ。

璃子は息を呑《の》んだ。

色鮮やかなペンのならんだ壁沿いの売り棚《だな》を背にして、背丈のある男の腕と体に囲われ、口から心臓が飛び出そうになる。

「そのまま、動かないで」

囁《ささや》くような小声で命じられた。

間近《まぢか》に迫った遥人の視線は、まっすぐ璃子の首筋のあたりに注がれている。

「な、なんで……?」

近い。

間近で見ると、遥人は璃子よりずっと背丈がある。年の近い男とこんな至近距離で接したことがあっただろうか。

ない。高校は女子高だったし、専門学校も彼女持ちの男子がひとりと、彼女のできそうにない男子が四人の計五人しかいない、ほとんど女子ばかりのクラスだった。これまで男というものには縁がまったくなかったのだ。

「あの……」

端整な面《おもて》が近すぎて、璃子は焦った。

「しーっ」

遥人は璃子の言葉をやんわりと遮《さえぎ》る。

「そう、おりこうだ。そのまま俺の言うことを聞いてじっといい子にしてて」

言いながら彼が、あいた右手をおもむろに璃子の頬のあたりに伸ばしてきた。

璃子はごくりと固唾《かたず》を呑んだ。

「大丈夫だ。取って食おうってんじゃないからさ」

じゃあ、なにをするの——と、璃子が硬く目を閉ざした次の刹那《せつな》。

遥人の手がパッとなにかを握った。

「捕まえた！」

「え？」

璃子ははたと目をあけて左を見た。

遥人の手は、さきほど見かけた管狐をつかんでいた。

「さっきの……？」

「そう。いつのまにか璃子さんの肩に」

遥人は管狐のふさふさの尻尾を璃子の目の前で満足げにちらつかせた。彼の袂《たもと》から逃げ出していたらしい。待てよとか、いい子にしてろとかいう危うい感じのせりふは管狐に発せられたものだったようだ。

璃子はなんだ、と拍子抜けした。

「ほんとうにただの動物じゃないのね」

目の前でゆれる尻尾を、あらためてじっと眺める。

「ほかにもいろんなのがいるよ。天井見てみ？」

璃子は言われるままに右手をあおぎ見た。

「ひいっ」

いきなり黄金色の目玉と目があって、思わず頓狂《とんきょう》な声をあげてしまった。

天井の梁《はり》には、かろうじて人型をした得体の知れない物体がへばりついている。赤黒い肌を紙製の蓑《みの》で覆《おお》っていて、不細工《ぶさいく》な犬のような顔から伸びた長い舌が、カメレオンのようにしゅるりと口内に収まったところだった。

「あれは天井をきれいにしてくれるもののけ。こっちの世界じゃ妖怪・天井嘗《な》めって呼ばれてるやつ。期間限定のお試しで、いまレンタル中なんだ」

遥人はにやりと笑って説明してくれた。

璃子は、本能的にその物体から目をそむけた。小学生のときは気づかなかったが、ここはただの文房具店ではないようだ。

少し頭の中を整理したくなったので、「そろそろ帰ります」とそのまま出入り口のほうへむかおうとした。ところが、

「あのさ、璃子さん」

またしても遥人がペン売り棚にドンと手をついて璃子を囲い込んだ。

「はい」

人懐っこさの失せた真顔だったので、璃子はふたたび身をこわばらせた。

「こいつらのこと、秘密な?」

遥人は有無を言わせない目をしている。

「も、もののけのこと?」

「そう。もののけのこと。絶対の絶対に秘密だよ。もしだれかに話したりしたら――」

璃子はごくりと固唾を呑んだ。

った。

遥人はペン売り場のとなりのボンドやのりがならんでいる棚を一瞥《いちべつ》し、無表情のまま言った。

「お仕置きに、璃子さんの唇に瞬間接着剤、塗っちゃうから」

「……はい」

どこまで本気かわからないが、璃子は頷《うなず》くしかなかった。そうだろう、もののけの出る店などという噂《うわさ》が広がったら、気味悪くてだれも近づかなくなってしまう。

「…………」

頷いても、遥人は璃子を解放してくれなかった。このお客はほんとうに黙っていられるのかどうかを見定めるかのように、咥《くわ》えたキャンディーを口内で気まぐれに転がしながらじっと璃子の目を見つめてくる。

いきなりもののけの紹介をしてくれたり、こんなふうに棚に追いつめたりして、どうもつかみどころのない人だ。

緊張したまま、璃子が息もできないで固まっていると、だしぬけに勘定場《かんじょうば》の奥の襖《ふすま》がスパンとひらいた。

「葉介《ようすけ》ェっ」

「話したりしたら……？」

威勢よくあらわれたのは、あずき色の着物を着て、白髪できれいにお団子をつくった老《ろう》婆《ば》だ。

「もののけっ」

璃子は思わず叫んだ。

「あれは俺の婆《ばあ》ちゃんだ」

「えっ」

よくよく見てみると、昔、ここで店番をしていたあの元気なお婆さんだ。

「昼間っから売り場で娘っ子を追いつめたりして、ついにおまえさんも嫁を貰う気になったのか、葉介よ！」

お婆さんは興奮したようすで言い放った。

「嫁？」

葉介とはだれのことだと璃子が思っていると、彼女はつっかけを履《は》いて、つかつかとふたりのもとへとやってきた。

「婆ちゃん、今日は非番だろ。出てこなくていいから」

遥人がお婆さんを見おろしながら嘆息《たんそく》し、肩をすくめる。

「あたしのことはおふくろと呼びな。何度言ったらわかるんだい！」

小柄なお婆さん——たゑは、一八〇センチ近くある遥人のみぞおちのあたりまでしか背丈がない。そのかわり声は大きく張りがあって、まだまだ現役《げんえき》で頑張れそうな存在感があった。

「婆ちゃんこそ、俺はかわいい孫のハル君だって何度言ったらわかるのかな」

遥人は慣れているのか、とくに焦ることもなくのんびりと返した。何事にも動じなさそうな人だ。

「あたしは孫を産んだ覚えはないよッ」

たゑは鼻息を荒くする。

遥人はたゑを無視して璃子に向きなおった。

「たゑ婆ちゃんボケちゃって、このとおり俺を息子と勘違いしてるんだ。気にしなくていいから」

「そうなの……」

たゑにはものすごい誤解をされた気がしたが、遥人があまりにも平然としているので璃子もふつうに聞き流すことにした。

しかしたゑはひきさがらない。

「あたしゃ気にするんだよ。あんた、どこから来た？　名前はなんてんだい？」

ずいと璃子のほうに身を乗り出して訊いてくる。

「ええと、おなじ町内の水瀬璃子です」

勢いに気圧《けお》されて、璃子はつい馬鹿正直に答えてしまった。大人しかった小学校時代の璃子のことなど覚えていないだろう。

「璃子さんか。ふんふん、少々細っこいが健康そうでいい娘だね。しっかり手綱《たづな》握って頼むよ。かぐら文具店はあんたが産む子にかかってんだからね！」

たゑは璃子の腰のあたりをパンパンと叩きながら言った。

「わ、わたしはただのお客ですよ、お婆ちゃん」

「お婆ちゃんだって？　あたしのことはお義母《かあ》さんと呼びなっ」

「今日はそのへんにしてくれよ、おふくろ」

遥人がやれやれといったようすで割って入った。

おふくろと呼ばれると、不思議なことにたゑは「やっと認めたね」などと勝ち誇ったようにつぶやいて、満足げに店棚の商品の整理をしだした。息子になってもらえると嬉しいらしい。

いつも女性のお客が来るとこんな流れになっているのだろうかと、璃子がたゑの威勢のよさに圧倒されていると、

「じゃ、また連絡するから」

遥人が、璃子に店を出るよう促《うなが》した。

「あ、よろしくおねがいします」

璃子は頭をさげて、今度こそ身をひるがえして出入り口のほうへむかった。

「次に来たときは、あがってお茶くらい飲んでいきな。もっとじっくり品定めしてやるからね」

箱入り鉛筆をならべ直していたたゑは、勘違いしたまま、遥人のとなりにならんで手をふってくれた。

2.

璃子は、小学生のころは字がひどく下手《へた》で、学校でいじめられた時期があった。

一年生の秋ごろ、席替えをしてとなりの席になった男子が璃子のノートをのぞきこんで突然叫んだのだ。

「こいつの字、きたねえ。おれよりきたねえぞ！」

その声に、クラス中の子が同調して璃子のまわりに集まってきた。とくに男子はおもしろがって、きたねえきたねえと連呼して笑った。

璃子は両腕でノートのページを隠し、顔を真っ赤にしてうつむいていた。なにも言い返すことができず、あふれそうになる涙を必死にこらえていた自分のことを、いまでもはっきりと覚えている。

それをきっかけに、しばらく璃子は字が汚いことをネタにからかわれるようになった。

小学生の男児は、内気でおとなしい子が相手だとそうしてからかったり、いじめたりすることでしか話すきっかけを作れないものだが、当時の璃子にしてみたら大事件だ。そのために、ただでさえ苦手な学校がますます嫌になって、ときどきズル休みをするようにまでなってしまった。

そんな璃子に、きれいな字の書き方を教えてくれたのは父だ。

父は螺子《ねじ》製作会社に勤める物静かな人で、長期休暇にはひとりで、あるいは仲間と登山にでかけるほかは、いつも家で本を読んでいるか、知人に万年筆で手紙を書いているか、寝ているかのどれかだった。庭に鳩《はと》が飛んで来れば、餌《えさ》をあげたりするようなところもあった。

父は璃子がズル休みをしていたある日、中心に薄い十字マス目のついた84字の漢字練習帳と、うしろに消しゴムのついた鉛筆を買ってきてくれた。小さな苺《いちご》の散らばった紙袋に入っていたから、かぐら文具店で買ってきたのだとわかった。

字は、まじめに練習していれば十歳ころからきれいになるのだと言って、父は毎日、書斎で書き方のコツを教えてくれた。

ふだんはあまり話さないけれど、その時間だけは父と他愛無《たわい》いことをいろいろ話した。璃子が悩んだり落ち込んだりしていれば、ゆっくりと話を聞いて、言葉少なに励《はげ》ましてくれることもあった。

字の練習は小学校を卒業するまで続いた。そのころには父の言うとおり、璃子の字は父に似てとてもきれいになっていて、中学では先生にノート作りが上手《じょうず》だとみんなの前で褒《ほ》められるくらいになっていた。

まじめな父を、璃子は家族としてふつうに愛していた。父も、自分のことを娘として大切に想ってくれていたと思う。

毎日一緒に暮らしていた相手なのに、父との思い出は書き方の練習以外はほとんどない。あたりまえすぎて、わざわざ記憶に留めるようなことをしなかったせいだろう。

父がどんな人だったのかをじっくりと考えたのも行方《ゆくえ》不明になってからのことだ。璃子は、父ともっとたくさん話をすればよかったと後悔している。

かぐら文具店から連絡が入ったのは、璃子がお店を訪れて四日後のことだった。見かけない携帯の番号から電話がかかってきたので出てみたら、遥人だった。

「宇津木《うつぎ》市にある奥《おく》ステーショナリーって文房具店の主人に確認がとれたんだ。カートリッジインクの在庫があるらしい。一ダースなら譲《ゆず》ってもいいと言ってるんだけど」

「ほんとうに？」

宇津木市なら隣県なので、移動も含めて二時間もあれば行ける距離だ。

「ああ。俺も一緒に行ってあげようか？　店主とは、デッドストックの商品がらみで以前から親しくしてるんだ」

商売というよりは、個人的な取引になるようだ。ほかにカートリッジやコンバーターの在庫のある店はないとのことなので、その人物をあたるしかない。

「わざわざいいんですか？」

「いいよ。ひさびさに主人に会いたいし」

電話越しの遥人の声には、このまえはじめて話しただけなのに、なぜかずっと昔から知りあいだったかのような人懐《ひとなつ》っこさが滲《にじ》んでいて、人見知りの璃子を安心させた。

もののけのことは、翌日には記憶が薄れ、あれは夢か幻だったのだろうと思う程度になっていた。

「じゃあ、おねがいします」

璃子は遥人の厚意に甘えることにした。

「出掛けるのはいつがいい？　このまえ訊き忘れたんだけど、璃子さん、なにしてる人？」

嫌なことを訊かれてしまった。

「ええと、まだなにも決まってない人で……」

璃子はおずおずと返した。

「あ、無職なんだ。じゃあいつでもいいな。明後日にしようか。火曜日で店も休みだから」

「そういえば火曜定休でしたよね」

聞き流されたので、璃子は内心ほっとしていた。他人にとってはなんでもないことなのかもしれないが、自分は恥ずかしくてならない。

「まちあわせは、昼一時に店の前でどう？」

「わかりました。よろしくおねがいします」

璃子は頭をさげて電話を切った。休みの日につきあわせて申し訳ないなと少し思った。

「無職か……」

溜め息がひとつ出た。

璃子が通っていた専門学校では、卒業するまでに就職先が決まってしまう子が多かった。もちろん家事都合で未就職の子はいたし、みずからフリーターの道を望む子もいた。けれど、璃子がいつも仲良くしていた友達は、たまたまみな揃《そろ》って内定がとれて、この春から社会人になった。

就職を望んでいた璃子には、彼女たちがうらやましかった。内気であがり症のせいなのか、なんなのか、璃子だけが面接の段階での不採用が続き、決まらないまま卒業することになってしまったのだ。

履歴書《りれきしょ》や筆記試験はきれいな字で仕上げられて、ちゃんと通過することができたのに。不採用の知らせを受けるたび、璃子は落ち込み、途方にくれた。社会人になった子からも、進学した子からも置いてきぼりにされたような気がしてひどくみじめだった。

あれからずっと、自分だけが止まった列車に乗っているような感じがしている。レールの先は霧に埋もれて見えないままだ。

母は自分が働いているし、貯金があるから焦らなくてもいいよと言ってくれるけれど、父が不在で家計が不安定ないま、さすがにバイトくらいはしなければならないと思う。

けれど、ホール係のような接客系の仕事が苦手な自分に合うバイトがなかなかみつからない。正直なところ、就職活動でのたび重なる不採用通知のせいですっかりと自信を失い、電話での問いあわせすらも億劫《おっくう》になっていた。

璃子は窓のむこうに目をうつした。

家のとなりは公園だった。住宅地にぽつぽつと見られるような、滑り台と鉄棒とブランコしかない小さな公園だが、隅に桜の木が三本ほどならんでいる。その枝ぶりの見事な桜が、いよいよ満開を迎えようとしていた。

薄桃色のきれいな花が、曇った春霞《はるがすみ》の空に淡くけぶっている。けれど璃子の目には、あの色がどこかもの哀《がな》しく映った。仕事もなくて、未来が見えないからだろうか。

父の行方がわからなくなった去年の春も、おなじように胸のつまる思いで桜をみあげた。このままだと、璃子の中で桜は哀しみの象徴になってしまう。さっさと仕事を見つけて、もう一度、桜の花がちゃんときれいに見える自分を取り戻したいと思う。

火曜日の昼下がり。

璃子は父の万年筆のインクを手に入れるために、かぐら文具店の前で遥人と待ちあわせた。

約束の時間に店の前に行くと、店には休業日の看板が吊るされていた。

生成《きな》り無地のカーテンのしまった店の前でひとりぽつねんと立っていると、住居のほうの玄関から出てきたらしい遥人が、隣家とのあいだの小路からあらわれた。

「こんにちは」

遥人は着流し姿ではなかった。シャツとパーカーにジーンズというでたちだ。その姿で明るい陽の光の下に立つと年相応の爽《さわ》やかな男子に見えて、店内で抱いた、あの年齢不詳の浮世離れした印象はほとんどなかった。

「行こうか。ちょうど駅行きのバスが来るんだ」

「あ、じゃあ急がなきゃ」

ふたりして徒歩一分ほどのバス停にむかいだすと、とつぜんかぐら文具店の二階の木窓がガラっとあいた。

顔を出したのはたゑだった。

「こんにちは」

ふり返った璃子は頭をさげて挨拶《あいさつ》した。

「今日は外で逢引《あいびき》かい、葉介」

あいかわらず遥人を息子と間違えているようだ。逢引などというから、璃子は急に居心地が悪くなった。

たしかに、なにも知らない人たちから見たら、カップルがデートしているように見えるだろう。自分なんかと恋人同士だと思われて、璃子はなんだか遥人に申し訳ないような気持ちになった。

璃子は特別に醜《みにく》いわけでも、特別に美しいわけでもなく、けれど着飾れば若さのおかげでそれなりにきれいに見えたりもするふつうの女子だと自分で認識していたが、未来が不安定ないまは、なにを着てもどう化粧《けしよう》を頑張っても、自分が社会的に通用しない底辺のダメ人間にしか思えない。

「仕事だよ。夕方には戻るから」

遥人は慣れたようすでかわすと、ひらりと手をふってたゑに背をむけた。

そう、彼にとって今日は仕事だ。

遥人が例のごとく平然としているので、璃子も彼を過剰《かじよう》に意識する必要はこれにてなくなった。

「このまえの着物はお店の制服なの？」

バスに乗って宇津木市へ向かう道すがら、窓側に座っている遥人に璃子はたずねた。

和装は、背丈もほどよくあって、均整のとれた体つきの遥人にはよく似合っていた。

「あれは葉介さんの着物だよ。婆ちゃんが俺を息子だと思い込んで着物を着せたがるんだ」

「そうなんだ。でも、ちゃんとそれにつきあっているなんて、ハル君は優しい孫だと思う」

「言うことさえ聞いとけば、ごきげんな婆ちゃんだから。きっと息子の世話を焼くのがあの人の生き甲斐《がい》だったんだろうな」

遥人は他人事《ひとごと》のように割りきった口調で言う。

「本物の葉介さんて、ハル君のお父さん？」

「いや、婆ちゃんは母方の祖母だから、葉介さんは俺の母さんの弟。十八歳くらいのときに病気で亡くなったらしいよ」

璃子は目をみひらいた。

「そうだったの……」

だからたゑは、記憶が曖昧《あいまい》になってしまってからも息子に執着しているのかもしれない。

「ハル君もあそこの二階に住んでるの？」

璃子は興味のままにたずねていた。慣れてきたせいなのか、いつのまにか敬語も出てこなくなっていた。

「婆ちゃんとふたりでね」

「ふたりだけで？」

「ああ。いろいろあってさ」

遥人はなんでもないことのように流す。

そうふるまうのに慣れている感じだった。これまでも家庭の事情は他人にうちあけずに生きてきたのだろうと、直感的にわかった。小学校時代の引っ越しと関わりがあるのかもしれない。けれど璃子はそれ以上、突っ込んで問うのはやめにした。

「璃子さんは、いま職探しとかしてるの？」

訊かれて璃子はどきりとした。

「してたよ」

「過去形か」

「どこにも採用してもらえなかったから。不採用の通知が届くと、あなたは役立たずですって烙印《らくいん》押されたみたいな感じでみじめになってくるの。それでどんどん自信がなくなって、しまいには就職活動をする気力すらもなくなって……。はやくバイトでも探さなきゃいけないいんだけどね」

いまはとても無気力な状態だ。

相手がまったくの他人だからなのか、胸のくすぶりを素直に話してしまえた。

「実際、璃子さんは役立たずなの？」

「どうかな。そう思うときもあるかも」

根は、わりと前向きな性格だったはずだが、このところ、すっかりと自己評価の低い人間になってしまった。

「自分が役に立たない人間だと気づける人は、案外どこかで役に立ってるもんだよ」

遥人が少しほほえみ、気負いのない口調で言った。

励《はげ》ましてくれたのだろうか。その言葉は璃子の中にすんなりと入ってきて、いじけたところをまっすぐにして癒《いや》してくれるようだった。

「よかったら、うちでバイトすれば？」

遥人が璃子の顔を少しのぞきこんで誘いかけてくる。

「俺、たゑ婆ちゃんとふたりで店をきりもりするの、時間的にきついんだよな。最近、大学もさぼりがちで」

「ハル君、大学生だったんだ」

璃子は目を丸くした。

「そうだよ。本業はそっち。言ってなかったっけ？」

「はじめて聞いた……」

てっきり店の主人なのかと思っていた。

「仕事は簡単だ。接客、商品の陳列、発注、店内清掃《せいそう》、等々」

「思ったより大変そう」

「大丈夫だよ。ボケた婆さんでも務まるんだから」

「たゑさんはむかし、あそこで活躍していた人だから務まるのよ。わたしは人に接するのが苦手で……」

接客系は避けてきたので、年賀状の仕分けのバイトくらいしか経験がない。

「俺とふつうに話してるじゃない」

「それは、ハル君がたまたま話しやすい人だったから……」

この、とらえどころのなさげな人物を相手に、自分でも不思議なのだが。

「慣れだよ、慣れ。どっかのオフィスに就職するまでのつなぎでいいから考えといてよ」

遥人は本気で璃子に期待しているようだ。

「どうしてわたしなんかにそんなに優しくしてくれるの？」

璃子はふと気になって問う。まだ出会ってまもないのに、こうしてインク探しにつきあってくれたり、仕事を与えようとしてくれたり――。

「泣きそうな顔してたから」

「え？」

「璃子さん、うちにはじめて来たとき泣きそうな顔してたんだよ。大事なものを落とした子供みたいな……。それで放っておけなくなった」

ほかにもどこかでそんな人を見てきたような顔をして、遥人は淡々と答える。

目が合うと、彼は車窓に視線をうつしてしまった。

その横面《よこつら》は、単なる気まぐれで助けているようにも見えたし、強い信念をもって手を差し伸べてくれている人のようにも見えた。

あいかわらず印象が定まらず、本音は見えない。

けれどたしかにいまの自分は、なにか肝心《かんじん》なものが抜け落ちているような感じがする。

まるでインクが空《から》っぽだった父の万年筆のように。

「ありがとう……」

璃子は礼を言った。父がそっと言葉をかけて背中を押してくれたときに似て、あたたかな気持ちになった。

そして、急に父のことが恋しくなった。こんなふうに、遠くはなれた土地にまで足を運んで万年筆の中身を探しているのは、父に会いたいからなのかもしれない。

3.

それから、明日には忘れてしまうようなあたりさわりのない話をしながら一時間ほど電車を乗り継いで、奥ステーショナリーには三時まえに到着した。

「どうも。奥です」

と、その男は名乗った。

緑色のエプロンをした中肉中背で、金の縁《ふち》なし目鏡《めがね》と手入れされた顎鬚《あごひげ》が上品に決まっている三十代半ばの店主だった。

店は、日曜日でも人通りのある駅からほど近い雑居ビルの一階に構えられていた。かぐら文具店よりも間口は狭いが、奥行きは同じくらいあるように見える。

家人がだれか亡くなったらしく、自動ドアの出入り口の横には「忌中《きちゅう》」の紙が貼られていた。

「奥さん？」

はじめて聞くめずらしい苗字《みょうじ》だったので、璃子はつい訊き返してしまった。屋号は苗字からとったようだ。

「そう。一文字で奥と書く」

奥はにっと笑った。上品そうな外見のわりに、口調はやや荒っぽい感じだった。もっと固そうな人物かと勝手に想像していたのだが、そうでもないようなので璃子はほっとした。

遥人と璃子は、勘定《かんじょう》台を挟んで店主の奥と対面していた。

奥さんと結婚した人は奥さんの奥さんになるのか、とどうでもいいことを考えていると、

「どなたが亡くなったんです？」

だしぬけに遥人がたずねた。

「おふくろが先月の半ばに逝《い》っちまった。心臓が悪くてさ、あっというまだったよ。今日でちょうど四十九日だな。週末は法要《ほうよう》だから店は休みだ」

奥はレジ横に貼られたカレンダーを見ながら言った。あえて感傷は示さない、さっぱりとした口調だった。

奥の母親は、二十年前に夫と死別してからひとりでこの店をきりもりしていた気丈な人だったらしい。そろそろ店を継ごうとサラリーマンだった奥が会社を辞め、妻子を連れて

ここで同居をはじめてほどなく、病に伏したという。

「そうだったんですか。ご愁傷様《しゅうしょうさま》でした」

遥人が丁寧《ていねい》に言って頭を下げたので、璃子もそれに倣《なら》った。

「こちらが電話で話したお客さん。万年筆もちゃんともってきたよ」

遥人が会話で現物を見せるよう促《うなが》すので、璃子は鞄《かばん》の中から父の万年筆をとりだした。

「父の抽斗《ひきだし》の奥にしまってあったものです。最近になって見つけたもので、使ってみたくなって」

「ああ、これな。私もおなじものを持ってるんだ、ほれ」

奥も同時に胸ポケットから万年筆をとりだし、勘定台に置いた。

黒漆《くろうるし》の艶《つや》が美しい流線形を描く万年筆。たしかに、璃子の父のとおなじ、キャメロン社の限定品だった。奥のはコンバーターでインク補充をしているという。

そして彼はもうひとつ、コレクションとして保管していたという、手のひらに収まるほどの大きさのカートリッジインクの小箱も置いた。外国語のならんだパッケージ、それこそ璃子が探し求めていたものだ。

しかしキャメロン社の装飾的なトレードマークを見たとたん、璃子の中にあるひとつの記憶が瞬いた。

「あっ」

このインクの箱には見覚えがある。

思わず声をあげてしまったので、ふたりの視線が同時に集まった。

「どうかした、璃子さん？」

「い、いえ……、どっかで見たことあるパッケージだなと思って。父が持っていたんだから当然よね」

璃子は笑ってごまかした。しかし、声をあげてしまったのは、父のもとで見たからではなかった。璃子は、その在《あ》り処《か》を知っている。それを自分が持っていることを思い出したからだ。

でも、せっかくわざわざ遥人にここまでついてきてもらったのに、いまさら家にあるだなんて言えない。それに、実際あるかどうかはたしかめてみないとわからない。

胸がどきどきしていた。記憶は唐突《とうとつ》に解《ほど》かれた。ああ、そうだ。自分はこのインクの箱の在り処を知っている。

思い出してしまうと、その記憶は自分の中で大事件扱いになっていて、なぜそんな特別な過去をいまのいままで忘れていたのかと不思議になるほどだった。

奥は、自分の万年筆を手にして照れたようにほほえんで言った。

「実はこれ、その昔、おふくろから誕生祝に貰《もら》ったもんなんだよ」

「それは初耳だよ、奥さん」

遥人は目を丸くした。

「私はもともとこの文具店を継ぐつもりなんかなくて、大学卒業後は親父《おやじ》に反対してサービス業に就《つ》いたんだ。おかげで親父とは反《そ》りが合わなくなっちまった。だが、おふくろは気にすることないって、誕生祝にこのキャメロン社の万年筆をくれたんだよ。私はこいつが妙に気に入って、そっからいろいろ筆記具を集めだして、ヴィンテージ物なんかにも手を出すようになって……、文房具のよさに目覚めたんだな。だったらうちの店を継ぎゃいいじゃないかってことに気づいて、思いきって脱サラしたのがつい数年前だ」

店を継ぐきっかけは、この万年筆にあったということだ。

「それなのにこの万年筆のことをうっかり忘れてたてな。おまえさんから電話をもらってから思い出して久々に引っぱりだしてみたんだが、しばらく使ってなかったせいでインク詰まりを起こしてやがって、あわてて水に浸して久々にメンテナンスしたところよ。電話のおかげで息を吹き返したわけだ」

「そうだったのですか……」

たしかに、万年筆は毎日使わないといけないものなのだと父が言っていた。

インクの箱を見ていた遥人が言った。

「そういえばこれ、いまどきめずらしい古典ブルーブラックインクだな」

「なにそれ？」

璃子が問うと、奥が教えてくれた。

「書いてしばらくは青みのある色だが、時がたつにつれて黒色に変化してゆくインクのことだ。耐水性にも優れてて、昭和《しょうわ》のころは長期保存する公文書や医療カルテなんかによく使われてた」

「父もインクの色は青でした」

「じゃあ、ブルーブラックインクだったんだろうな。最近は環境汚染に配慮《はいりょ》して製造が控えられてて、入手するのは難しくなりつつある。それらしいなんちゃってブルーブラックはあるけどな」

管理を怠《おこた》ると、染料に含まれる酸性の物質がペン先を錆《さ》びらせてしまうおそれもあるので、奥ははじめから他のインクを使用しているという。

「インクを入れてみるかい？　劣化したインク成分がペンをダメにする可能性もあるんで、ほんとうは古いものは使っちゃいけないんだが」

奥が小箱からカートリッジインクを一本、とりだしてたずねてきた。

「でも、せっかくなので書き味を試してみたいんです」

璃子がそう言うと、奥は万年筆を捻《ひね》ってふたつにわけ、カートリッジインクを装塡《そうてん》してくれた。ほどなくして、インクがペン先に音もなくおりてくる。

璃子が試しに、メモ帳に波線を書いてみると、発色のよい紺《こん》色がかったブルーの線が浮かびあがった。

ああ、この色だ。

夜明け前の空の色。濃淡《のうたん》の色ゆれがかえって味になる、万年筆特有の筆跡。なつかしい、父の文面が脳裡《のうり》によみがえるようだ。

「よかった……」

璃子は顔をほころばせた。これで化学変化による錆やインク詰まりなどが起きなければ、しばらく字を書くことができそうだ。

「お客さんの万年筆はまだ、かなり新しいな」

奥は璃子の父の万年筆をあらためてじっくりと見回してから言った。

「なぜ、そう思われるのですか?」

璃子はけげんに思ってたずねた。

「万年筆ってな、使ってる人の癖《くせ》が出るもんなのよ。書きグセってやつだ。だからほら、たとえばお客さんが私のを使ってみると、おなじ万年筆でも書きづらかったりするのよ。他人の靴《くつ》を履《は》いて歩くみたいにな。でもお客さんのほうのは、まだそんな癖がつくほど使いこまれてはいないんだよな」

「ああ、たしかに。奥さんのやつのほうが言うことを聞かないね。持ち主に似たんだな」

遥人がいつのまにか万年筆を手にし、レジ脇《わき》のメモ帳に『かぐらはるひと』と試し書きをして比べていた。

「一言多いんだよ、おまえさんはよ」

奥は苦笑した。

「イリジウムが摩耗《まもう》することで書き味が変わるってのは聞いたことあるよ」

遥人はペン先を凝視しながら言った。

「イリジウム？」

「ペンの一番先っぽにある硬い金属のことだ」

奥が教えてくれた。

「そもそも万年筆の書き味ってのは、個人の筆圧や体温でも変わってくるからな。高い金を払えば書きやすいもんが手に入るわけでもない。ほら、お客さんも私ので書いてみな」

奥に促され、璃子は奥の万年筆の書き味も試してみた。

「ほんとうですね」

万年筆自体に慣れていないせいもあるけれど、奥の万年筆のほうが、ペン先が紙にひっかかってしまって書きづらい。父のほうは滑りがなめらかだったのに。

奥の言うとおり、父の万年筆はそれほど使われていないうちに抽斗《ひきだし》にしまい込まれたようだ。

となると、父が失くしたと言ったのは、万年筆本体ではなくコンバーターのことだったのだろうか——？

璃子はカートリッジインクにまつわる過去に引きずられて、当時のことをまざまざと思い出していた。

璃子は学校で字が下手《へた》だといじめられるようになってから、字が上手《うま》くなりたくて、父が使っていたこの限定品の万年筆をねだるようになった。けれど父は「あれはもうどこかへいってしまったんだ」と言って、ある日を境に璃子の前でぱったりと使わなくなったのだ。

それ以降、父が握るのはそれ以前に使っていた万年筆に戻った。おなじキャメロン社のものだったと思うが、流線型のかたちではなくて、璃子はそれにはあまり惹《ひ》かれることがなかった。

璃子がズル休みをくりかえすのを見かねてか、ノートを買ってきて、書斎で書き方を教えてくれるようになったのもこの頃のことだ。

父はなぜ、限定品で大切だったはずの、この流線型の万年筆を失くしてしまったのだろう――。

そこへ、

「お勘定《かんじょう》をお願いします」

初老の女性客がひとり、ガムテープをふたつばかりもってレジに来たので、遥人と璃子はすみません、と右手のほうにずれた。

そのときふと、視界の隅で白いものが動いた気がして、璃子はそちらを見た。

「あっ、ハル君、あそこ……」

璃子はレジをうつ奥の左肩を指さした。

そこには先日、かぐら文具店で見たあの小さなもののけがいたのだ。管狐《くだぎつね》といったか。

「ハル君が連れてきたの?」

璃子は小声で訊いた。

「いや。あいつが勝手にここまで……。それとも、ここから来たやつだったのか?」

小声でつぶやく遥人は、なにかに気づいて思案するような顔になった。

それから彼が、試しにという感じでひゅっとごく短く口笛を吹いた。

しかし管狐は、ききっとひと鳴きして、奥の反対の肩に逃げただけだ。奥にずいぶん懐いているように見える。

その拍子に、客の相手をしていた奥が驚いたようすでこちらを見た。

「おっと、なんだ、おまえにもなにかが見えるのか、ハル?」

「ん? なにかって?」

訊き返す遥人の口調はいつものののんびりとした調子だが、目がやや鋭くなった。

奥にも管狐が見えているのだろうか。

ガムテープの客を見送ったあと、奥は話を再開した。

「ウチの息子、いま四歳なんだが、私のおふくろが死んでから、ときどき私の肩に白い狐が乗ってるのが見えるって言うんだ。で、嫁が、死んだおふくろでも憑《つ》いてるんじゃないかって妙なこと言いだすから」

奥には管狐は見えていないようだ。

「へえ、奥さん、それ信じてんの?」

遥人はちらりと奥の肩に乗った管狐に目をやりながらさりげなく訊き返す。

「ハハハ、まさか。私はそういう類《たぐい》のものはいっさい信じないタイプだぞ」

奥はどうでもよさそうに笑った。

「そっか」

遥人は実にさらりと流した。奥本人に見えていないのならとり憑かれているわけでもなさそうだが、遥人はあえて、もののけ云々《うんぬん》を彼に説明をする気はないらしかった。

「まあとにかく、こいつを思い出させてくれたお客さんには感謝するよ。おふくろの形見を、危うくお蔵入りさせちまうところだった」

奥はレジ台の隅に置いてあったキャメロン社の万年筆を胸ポケットに戻し、亡き母を偲《しの》ぶような目をして璃子に礼を言った。

母を亡くして間もないわりに元気そうに見えたけれど、意外にも深く心を痛めているのかもしれない。人の心など、見た目だけではわからないものだ。

「それからこいつは御礼な」

奥は、残りの十一本のカートリッジインクを箱ごと璃子に手渡し、タダで譲《ゆず》ってくれた。

4.

「結局、あの管狐は奥さんの母親が遣わしたやつだったみたいだな」

帰りの電車の中で、となりに座った遥人が、ひと仕事終えたようなくつろいだ表情で言った。

「やっぱりそうなの?」

璃子も、なんとなくそんな気がしていた。

「ああ。俺たちは管狐に動かされた単なる脇役だよ」

「脇役……」

「いい役どころだよ。奥さんが母親から贈られた思い出の万年筆を、もう一度、生き返らせてあげた。璃子さんがインクを探そうとしなかったら成り立たなかった出来事だ」

たしかに奥はたくさん感謝してくれて、まるで璃子のほうが人助けをしたかのような心地になった。

「奥さんのお母さんは、自分が贈った万年筆がお蔵入りしないよう伝えたかったのかな?」

璃子は動機が知りたくなった。

「息子を励《はげ》ましたかったんだろう。昔、母親からあの万年筆を貰ったときも、親父《おやじ》さんと仲違《なかたが》いして落ち込んでたところをずいぶん励《はげ》まされたみたいだし」

「それ見て元気出せよってことなのね。いいお母さんだわ」

あの万年筆には母の優しさが詰まっているのだ。

「……で、璃子さん、さっき奥さんとこでインクの箱を見たとき、なにを思い出したの？」

「えっ」

いきなり投げられた問いに、璃子はどきりとした。

「あまりにもわかりやすい態度だったからさ」

遥人はなにを期待しているのか、にやにやしている。

璃子は話そうかどうか迷ったけれど、黙っているのも気がひけるので正直に話しはじめた。

「ごめんなさい。インクはうちにあるかもしれないって思い出して……」

「うちに？」

「そう。昔、わたしがこっそり父の書斎から盗みだしたものがひと箱あるはずなの」

あの懐かしいインク箱の現物を見て、すべて記憶がよみがえったのだ。

「なんでまた泥棒なんてしたの？」

「父は字を書くのがものすごく上手《じょうず》な人で、わたし、それは万年筆のおかげだと思ってたの。正確にはインクね。父がインクを入れ替えるときに、これにこそ秘密の力があるんだって勝手に思い込んで……。わたし、小さいころ字がものすごく下手だったから、自分もそれを使ってきれいな字を書きたかったのよ……」

それで璃子はある日、父が出かけたときをみはからって、書斎の抽斗《ひきだし》からカートリッジインクを1ダースこっそりくすねた。あの外国語のならんだクラシカルなデザインの小箱だ。中に入っているカートリッジは、自分の持っている水性の黒ペンのインクタンクとよく似ていた。

しかしいざ部屋に戻って、自分の黒ペンに装塡《そうてん》してみようと試みたところ、当然ながら口部があわず、失敗に終わった。そもそもインクタンクの作り自体が異なっているのだ。璃子の水性ペンはただの使い捨てだった。

がっかりした璃子の手元には、小箱と十一本のカートリッジインクが残ってしまった。間の悪いことに、ちょうどその夜インクを切らした父が、買い置きのインクが無くなっていることに気づいて、母と璃子にたずねてきた。「万年筆のインクを知らないか」と。

璃子は青ざめたが、もちろん「知らない」と言ってしらをきった。いまなら間にあう、そうわかっていても、父の怒りにふれるのが怖くて正直に名乗り出ることができなかったのだ。それが、父についたはじめての大きな嘘だった。

罪の意識は、日に日に重くなった。一本だけ減った箱を書斎に戻す勇気もなくて、日にちだけが流れた。

インクの箱を盗み出して七日が過ぎても、学習机の二段目に押し込んだそれが気になって憂鬱《ゆううつ》になった。璃子はもうそれを見たくなかった。でもごみ箱に捨てたら母に見られてしまう。川にでも捨てればよかったが、そんなことをしたらもっと大きな罰《ばち》があたりそうで怖かった。

悩んだ末に璃子がした行動とは、箱ごと庭に埋めることだった。璃子は学校から帰ると、ジャムの空瓶《あきびん》にインクの箱を収め、父が帰宅する前に花壇《かだん》の真横の土を掘り起こして瓶を埋めた。深さまでは思い出せない。当時の璃子は必死に深く掘ったつもりだったが、案外浅かったかもしれない。

インクを瓶に入れたのは、雨で紙製の箱が蕩《とろ》け、インクが土に染みてしまうような気がしたからだ。もし黒い液体が庭の土からあふれてきたら、父にばれてしまうから――。

土を戻したあと、これでもかというくらいに何度も地面を踏みならした。絶対にこの罪がばれないように。二度と思い出さなくてもいいように。

璃子はあの日、土の中に恐れと後悔を埋めたのだ。

「庭に埋めるとか、子供のやりそうなことだなあ」

話を聞き終えた遥人は、腕組みをしながらしみじみと言った。

「いまの自分なら正直にすべてを話して、きちんと謝れるのにね」

当時はあれが自分の中では罪で、父の存在もいまよりずっと大きかったから、とても怖くてできなかった。

でもいま父はいないから、もう謝れない。

「あの管狐が父の遣わしたものじゃなかったってことは、父はまだ生きてるのかな……」

璃子は流れる車窓に目をうつし、ひとりごとのようにつぶやいた。

「やっぱり気にしてたんだな」

遥人は少し笑った。

「……うん」

璃子は目をうつむけた。

父に関しては、正直なところまだあきらめきれない。

捜索隊の報告では、登山ルートのうち、傾斜の強い、ある危険地帯に滑落の跡《あと》があったというけれど、それは、父の死を受け入れたくない璃子たち家族にとっては曖昧《あいまい》すぎる報《しら》せだった。

死んだという証拠がない以上、どこかでまだ生きているのだと淡い望みを抱いてしまう。死に装束《しょうぞく》を着て御棺《おかん》に収まった父を見送るまでは、踏ん切りがつかないのだ。

璃子だけでなく、母もおなじことを思って苦しんできた。

「今年の四月に入って、母が荷物の整理をはじめたのを見たときね、母の中で父は死んだのかもしれないと漠然《ばくぜん》と思ったの。もう父の生存を信じてはいけないのかと、置き去りにされたような気になったわ」

いまの璃子の胸にはぽっかりと穴があいている。その空洞を満たしてくれるのは、父だけだ。生きて帰ってきてくれたらうれしいけれど、たとえ死んでいても、答えが得られるならそれでいいとも思う。

璃子はなんとなく、スマホに残っている父の写真を眺めた。

父が行方《ゆくえ》不明になる年のはじめに、家族で出掛けた温泉旅行のときのだ。

冬枯れの山に雪がちらつく景色がきれいで、旅館の窓からそれを背景にして父と写真を撮った。信じられないことに、それが最後の一枚となってしまった。

「それ、お父さん？」

遥人が画面を覗《のぞ》いてくる。

「そうなの」

「目元の優しそうなところが似てるね」

「ほんと？」

これまでにも、ときどき父に似ていると言われることがあった。

「俺のスマホにもその写真を送ってよ」

「どうして？」

「もしかしたら、なにか手がかりが得られるかもしれない」

遥人は父を探してくれるつもりなのだろうか。

見つかるとは思えないが、そうなったらいいと思って璃子は顔をほころばせた。

「なんだか、お父さんがほんとうに生きているみたいな気がしてきたわ」

父のことはあきらめなければならないのだと、どこかで焦っていたけれど。

遥人は璃子から写真のデータを受け取りながら言った。

「会えない家族の無事を祈るのは自然なことだよ。行方不明ならなおさら。……世の中には、もう何年も何十年も帰らぬ相手を待っている人だっているんだ。璃子さんなんかまだたったの一年なんだから、生きてると信じていていいんじゃないか？」

レールの音にまじって耳に届く遥人の静かな声音《こわね》は、璃子の胸にじっくりと沁《し》みた。希望を持つのは、決して悪いことではないのだ。

データを受け取り終えると、ふと彼が言った。

「璃子さん、うちでバイトしなよ」

「え?」

いきなり話が飛んで、璃子は目を丸くする。

「いいから。その気になったらいつでもおいで」

遥人はときおり見せる、人懐《ひとなつ》っこい笑みを浮かべて言う。

遥人の印象はカメレオンのようにころころと変わるが、人見知りの璃子はこの人懐っこい彼に一番安心する。

けれどそれきり遥人は車窓に目をうつして、もうなにを考えているか読めない表情になってしまったので、璃子も返事をするタイミングがわからなくなって口をつぐんだ。

5.

日暮れが迫っていた。

帰宅後、璃子はさっそく庭の花壇にむかった。

母はいつもどおり、まだ勤め先から帰っていないようだ。

家の広縁《ひろえん》から塀《へい》までの距離が二間《けん》にも満たない狭い庭には、塀に沿って花壇がもうけられており、母の生けたパンジーやムスカリがきれいに咲いている。

その横には、十三年前の自分が埋めた、カートリッジインク入りの瓶があるはずだった。

庭先には、無数の花びらが淡雪《あわゆき》のように降り積もっていた。塀のむこうにある公園の桜が、風に煽《あお》られて花びらを落とし、璃子の家のほうに流れてくるのだ。

インクを埋めたと思われる場所には、芝生《しばふ》のような草がうっすらと生えていた。

璃子は物置から持ちだしたスコップで、地面を少しずつ掘りだした。

土は固く、瓶は思ったより深いところに埋まっていた。それらしき瓶の蓋《ふた》が見えてからも、しばらくは掘る作業が続いた。

盗みをはたらいた昔の自分を思い出して少し胸が痛んだものの、息苦しいほどだった当時のようなことはない。罪と後悔は、時を経てずいぶんと軽くなっているようだった。

掘り起こした瓶は湿った土によって曇っていた。おまけに蓋が固くてあかない。

無理もない。十数年も土の中で眠っていたものなのだ。インクの質も劣化しているかもしれない。

物置からとんかちを探して、土だらけの瓶を割ってみた璃子は目を瞬いた。

なんと、中から出てきたのはコンバーターだったのだ。

「どうして……?」

記憶違いだっただろうか。いや、そんなはずはない。六歳の璃子が埋めたのは、たしかにカートリッジインクの箱だった。

璃子は土とガラスの破片の中から、白いメモと一緒に、きちんとビニール袋に収められている細長いコンバーターをとりあげた。

メモをひらいてみると、こんなことが書かれていた。

『璃子の字がきれいになりますように。

父より』

日付は十三年前のものだ。まぎれもなく万年筆による父の筆跡だった。璃子がこれを埋めたあと、父がひそかに掘り起こして中身を入れ替えたのだ。かつて青かったであろう文字の色が、年月を経て真っ黒に変わっているのがなによりの証拠だった。

「お父さん……」

父は、娘がインクを盗み出したことを知っていたのだ。それを後悔して、ここに埋めたことも。

そしてあの限定品の万年筆は、璃子に譲《ゆず》るつもりで抽斗《ひきだし》にしまい込まれたものだった。だからこそ、ペン先が傷まぬようインクもきれいに抜かれて保管されていたのだ。

さらに、カートリッジインクではいずれ品質が劣化してしまうから、コンバーターにすり替えた。

父は、いつか万年筆を受け取った璃子が、庭に埋めた罪を思い返し、ふたたび掘り起こすことを予想してこんな仕掛けをしたのだろう。盗みを働いたことを戒《いまし》める意味もあったかもしれない。まさか、こんなふうに十数年も前の罪と向き合うことになるなんて思ってもみなかった。

璃子の中に、ノートを用意して字の練習につきあってくれた父の姿がよみがえった。ずっと、辛い思いをしていた自分をそばで支え、応援してくれていた。璃子の願いは、父の願いでもあったのだ。

ごめんなさい、お父さん。そしてありがとう。

璃子は言葉にして、そう伝えたくなった。けれど父には会うことができない。

――いいえ、父は生きている。

璃子は思いなおした。根拠などない。でも遥人だって、そう信じてもいいのだと言ってくれた。

璃子は父が譲ってくれた万年筆を手のひらに握りしめた。

「インクを買いにいかなくちゃ……」

おなじキャメロン社のボトルインクなら、この先も何年も使い続けることができる。

そしてふと、かぐら文具店で働こうと思いたった。あそこは、父の万年筆が導いてくれた場所だ。慣れ親しんだ文房具たちに囲まれて過ごすのもきっと悪くない。

「あ」

風がやんで、ひとひらの花びらがメモの上に降りてきた。

髪を押さえて上をあおぐと、桜貝のような、はかなくて美しい薄桃色の花びらがはらはらと虚空を舞っている。

「きれい」

璃子はだれにともなく、つぶやいていた。

もう桜は哀しいだけなのかと思っていた。けれど月日が流れ、季節が巡れば、見える景色も少しずつ変わるものなのだ。土に埋めた恐れや後悔も、父がくれた万年筆のメッセージの色も、いつのまにか変化していたように。

胸がすくような心地だった。

父がいなくなってから、なんとなくいろいろなことがうまくいかなくて、心の整理もつかないまま行き詰まって苦しかったけれど、やっと一歩、前にすすめそうな気がした。

6.

「女の人が裸になった……」

璃子は、遥人が自慢げに見せてくれたペンを前にして渋面《じゅうめん》をつくった。

翌日の朝、璃子がボトルインクの購入と、アルバイト雇用のお願いをするために、さっそくかぐら文具店を訪れると、勘定場《かんじょう》で事務仕事をしていた遥人は、なにやらいかがわしいペンで日誌をつけていたのだ。

「俺の愛用ヌードペンなんだけど」

遥人がにやりと笑った。

ペンの中の特殊なオイルが重力によってゆっくりと移動するにつれて、本体に描かれた金髪の美女がグラマラスなヘアヌードを披露してくれる仕組みだ。ひと昔前に、海外旅行の土産《みやげ》になって流行《はや》ったフローターペンという種のものだという。

「ハル君……、意外と変態なんだね」

彼の印象の中に「変態」が加わった。

「男はみんなこんなのが好きなんだよ。でもこいつはほら、奥さんから出会いの記念に貰ったものなんだ。あの人、万年筆だけじゃなくて、ペンもたくさん珍しいの持っててさ」

「この前の奥ステーショナリーの？」

主人もコレクションにかなりつぎ込んでいるようだ。

「うん。奥さんとこの管狐《くだぎつね》は、四十九日の法要《ほうよう》がすんだら息子にも見えなくなったってさ」

つまり消えたのだ。彼の母の想いは果たされたというところだろう。

璃子は表情をあらため、遠慮《えんりょ》がちにきりだした。

「あの、まだ雇ってもらえる……？」

「バイトの話？」

遥人は下から璃子を見上げてきた。

「ええ」

璃子は控えめに頷《うなず》く。断られたらどうしようかと、にわかに不安が増した。けれど、

「もちろん、いいよ」

遥人は快《こころよ》く頷いてくれた。

「よかった……。じゃあ、こちらでお世話になります。よろしくおねがいします」

璃子はほっとしながら挨拶《あいさつ》すると、あわてて鞄《かばん》から履歴書《りれきしょ》をとりだして遥人に渡した。

「へえ、字、うまいな。ものすごく見やすい」

ざっと紙面を見た遥人が感心したようすで言った。

「ありがとう。父のおかげなの」

璃子は少しはにかんだ。父ゆずりの字のきれいさだけが、自分にとってのゆいいつ誇れるところだ。

「……そういえば、今日は天井にはもうなんにもいないね」

璃子は、思い出したように天井を見上げた。なにもへばりついてはおらず、むきだしになった黒々とした梁《はり》があるだけだ。

「ああ、お試し期間は昨日までだから、ゆうべ返してきた」

「どこに？」

「レンタル業者のもとに」

遥人の答えは実に適当だった。誤魔化《ごまか》しているようにも聞こえたが――。

「それより璃子さん、さっそくだけど店番を頼める？　俺、いまから文具展示会に行かないといけないんだ」

買いつけを兼ねたイベントが催《もよお》されるのだという。

「いきなり務まるのかな……」

璃子が自信なさげにしていると、

「大丈夫だよ。婆《ばあ》ちゃん、璃子さんに仕事を教えてあげて」

日誌を閉じた遥人は、店の奥へと繋《つな》がる襖《ふすま》をあけながらたゑを呼んだ。

奥には在庫商品がならんだ棚《たな》が見えたが、そのさらにむこうは住居スペースとなっているようだった。

たゑはすぐにやってきた。襖のむこうで立ち聞きでもしていたかのようだ。

「おお、花嫁修業だな。まかせておけ。飯の焚《た》き方から床での作法《さほう》まで、このたゑがしかと仕込んでやる」

たゑは璃子を見て意気込んだ。あいかわらず彼女の勘違いが治る気配はない。

「そういう戯言《ざれごと》はもういいから」

遥人はいつものごとく、どうでもよさそうにたゑをあしらうと、支度《したく》があるのだと言って、たゑと入れ替わるようにして店の奥へと向かう。

「行ってらっしゃい」

璃子は、たゑとふたりで遥人を見送った。

売り場でふたりきりになってしまうと、璃子はもう一度、たゑに挨拶をした。

「璃子です。今日からお世話になります、たゑさん」

かつて小学生のころ、お客としてしか関わることのできなかったこの老婆《ろうば》に仕事の教えを乞《こ》うことになるなんて、当時は思ってもみなかった。

「目をつけた娘をちゃっかり身近に確保しておくとは、さすが葉介だね」

たゑはひとりでぶつぶつと言っている。

「たゑさん、あれはお孫さんの遥人君ですよ」

璃子はおせっかいかなと思いつつ、名前を正してみた。

「ふん。おまえさんまであたしをボケ老人扱いしてんじゃないよ。あの子は正真正銘《しょうしんしょうめい》あたしの息子、葉介の黄泉返《よみがえ》りだ」

たゑが冷静な声できっぱりと断じた。

「え？　黄泉返りってなんですか？」

璃子は小首を傾《かし》げた。

「一度死んでから、またこの世にめでたく蘇《よみがえ》った人間のことだよ」

「まさか」

そんな、死人が蘇るなんてあるわけない。

「そのまさかだ。おまえさんもこの店で働いてりゃ、そのうちわかるさ。ここはほかにもいろいろ面白いもんがたくさん出てくるよ、せいぜい体張って頑張んな。がははは」

たゑは目を丸くしている璃子のとなりで高らかに笑った。豊かな頬《ほお》に皺《しわ》をよせて快活に笑う顔は、璃子の記憶の中のお婆さんとなにも変わらなくて、実はボケてなんかいないのではないかとさえ思えてくる。

いったいどっちなの？

璃子は、頭がこんがらかったまま遥人のうしろ姿を見送った。

第二話　封筒のなかの真実

1.

璃子《りこ》がかぐら文具店の店員として働きだしてから、十日が過ぎた。

璃子はいつもどおり、無地のシンプルな七分袖《そで》のカットソーに黒の膝丈のスカート姿で、通りに面した店の前を竹箒《たけぼうき》で掃《は》き清めていた。店内と出入り口付近をきれいに掃除《そうじ》するのが、朝一番の璃子の仕事だ。

近所の桜はすっかりと散って葉桜に様変わりし、頬をかすめる朝の風もあたたかくなった。

「おはよう、早いね」

犬の散歩をしているおじさんが、通りすがりに声をかけてくれる。

「おはようございます」

璃子は少し緊張しながらも、明るく返す。

かぐら文具店は、店の前に建っている蔦ノ森《つたのもり》小学校御用達《ごようたし》の文房具店でもあるので、開店時間は朝七時半と非常に早い。

ひととおり店の前を掃除し終えると、璃子は品物を補充するために店内に戻った。

店内はまだ静まり返っていて、十二坪《つぼ》ほどの売り場には璃子と遥人《はるひと》しかいない。――ように見えるが、璃子の視界の隅には奇妙なものが映っていた。

「またこっち見てる……」

璃子は思わず小声でつぶやいてしまった。

勘定場《かんじょう》からよく見える、左手に設けられた古い小さな冷蔵ショーケースの横に、黒いものがうずくまっているのだ。いちおう人らしき形をしているが、目と思われる部分には煙のこもっているような白い穴があいている。

ほかにも今日は、この店に来るまでに、虚空にもやーっとクラゲのようなものが浮いているのを見たり、道端の草花のあいだに小動物サイズの珍妙な生き物を見たりした。

みな、もののけである。

「あの冷蔵ショーケースの横にいるやつ、ハル君にも見えてる？」

璃子は売り場で商品の数をチェックしていた遥人に小声でたずねた。彼はいつも、大学に行く日でも璃子の仕事を手伝ってくれる。

「見えてるよ」

遥人は黒いもののけのほうを一瞥《いちべつ》してから言った。

今朝も彼は着物を着ている。濃紺《のうこん》の袷《あわせ》が、たゑの息子に瓜《うり》ふたつらしいすっきりと整った面《おもて》にはよく馴染《なじ》んでいる。

「このまま放っておいていいの？」

「ああ。ふつうのやつはたいてい、こっちから危害を加えないかぎりは攻撃してこないから大丈夫だろ」

たしかにこれまでも攻撃は受けていない。蜂《はち》や蛇などとおなじなのだろう。ここは彼のいうとおり、気にしないでおくのがいいのだと璃子は思いなおす。

十歳のころからもののけを見ているという遥人は、彼らにすっかり馴染《なじ》んでいるふうだ。それは彼がただの人間ではなく、黄泉返《よみがえ》りだからだろうか。

璃子は、たゑの言葉がどうも脳裡《のうり》からはなれない。

『あの子は正真正銘《しょうしんしょうめい》あたしの息子、葉介《ようすけ》の黄泉返りだ』

黄泉返りとは、一度死んでから、またこの世に蘇った人間のことだという。

そんな者がこの世に存在すること自体が驚きだが、お年を召したたゑの間違った思い込みという可能性が高いし、遥人本人にたしかめるのはなんとなく憚《はばか》られて、うやむやなまま終わっている。彼が人であろうと、黄泉の国から蘇った人であろうと、璃子にとって感謝すべき相手なのは変わりないのだが。

ちなみにたゑは、今日から、近所のスーパーの福引で当選した四泊五日の温泉巡りツアーに出掛けるので不在だという。

「今日は璃子さん、四時までだよね？」

「はい。その予定です」

仕事関連の会話になると、なぜか敬語が混じってしまう。

「俺、今日は帰りが遅いんで、三時過ぎに代理の店員が来るから」

「代理の店員？」

「うん。そいつが来たら、あがっていいよ」

「わかりました」

自分のほかにも店員が雇われているらしい。どんな店員なのか気になったが、遥人は大学に行く支度《したく》のために奥へ戻ってしまい、訊けずじまいになった。

その後、八時をまわって遥人が大学に出掛けてしまうと、小学生が店にやってくる時刻になった。

黄色い安全帽をかぶった小学生が、ランドセルを背負ったままわらわらとやってきて、その日に必要な文房具——それは習字の紙や、足りなくなった絵の具のチューブや、折り紙であったりする——を買ってゆく。

「今日はお婆さんいないの？」

スティックのりを買いに来た低学年の子供が、思い出したように言った。たゑはいまだに小学生に好かれている。

「温泉旅行でしばらく留守なのよ」

璃子は商品の勘定をしながら返した。接客は苦手だけれど、相手が子供だとわりと気楽に応じることができる。

小学生は入れ替わり立ち替わりやってくる。一時、目の回るような忙しさにもなるけれど、それも始業のベルが鳴るころまでの話で、それ以降は一気に客がいなくなって閑古鳥《かんこどり》が鳴きだす。

十時を過ぎると、注文してあった商品を届けてくれる業者の出入りが多くなる。商品と納品書を受け取って、店の奥の倉庫に商品を片付ける。そしてまた店番に戻る。

昼をはさんで三時ごろになると、郵便配達の長森《ながもり》さんという五十がらみのおじさんがコーヒー牛乳を飲みにやってくる。たゑと世間話をしながらひと休みしていくのが日課らしい。気さくな人なので、璃子でも相手がつとまった。

そうして璃子は、とくに問題を起こすこともなくつつがなく仕事をこなしていたのだが、交代の時刻も迫った四時前、珍客を迎えることになった。

「ごめんください」

勘定場に座っていた璃子は、はっと顔をあげた。

ひどく乱れた女性の声だった。まるでいまにも泣きだしそうな。

大人でも、とくに年配の客になると一声かけて入ってくる人が多い。しかし見ると、今回の客は比較的若い女性だった。

女性はセミロングの毛先をゆるやかに巻いた、細面《ほそおもて》の美人だ。白いシャツに春らしいやわらかな鶯《うぐいす》色のスカーフをまいて、ベージュのパンツをはいている。ショルダーバッグは大きめで、一見してどこかの女性会社員といった風情《ふぜい》だ。が、目が真っ赤で、泣きはらしたあとなのだとはっきりとわかった。

「いらっしゃいませ」

璃子は、たゑに教わったとおりに掛け声だけかけて、あとは商品台帳などを眺めるふりをして待った。洋服店でもないので、つきっきりで客の相手をする必要はないのだ。

けれど、この客は相手をせざるをえなかった。パンプスが床を叩く音がコツコツとしたかと思うと、女性が、ほかの商品には目もくれずにまっすぐに勘定場の前までやってきたからだ。

「店員さん、助けて……」

女性のきれいな切れ長の目からは、いまにも涙があふれそうだった。

「ど、どうなさったのですか？」

璃子は思わず身構えてしまった。

「これを見てほしいの」

女性は涙を堪《たた》えたくしゃくしゃの顔で言いながら、鞄《かばん》の中から一枚の封筒をとりだした。

それはA４判が入る薄茶色の『角形2号』（240×332ミリ）で、『簡易書留』の朱印が押された使用済みのものだった。よく流通しているメーカーの商品で、おなじものがこの店にも置いてある。

「こちらがどうしましたか？」

璃子には、とくに異常は感じられない。

「この封筒、おかしいのよ」

女性は泣きたいのか、怒りたいのかはっきりしない声音《こわね》で言う。情緒《じょうちょ》はきわめて不安定なようすだ。

「どんなふうにでしょうか？」

璃子はどきどきしながら問い返す。ひとつ答えを間違えると、大変なことになりそうな気がした。

「中身が消えたのよ」

「え?」

「なくなったの、中に入れてあったものが。私はたしかにきちんと中身を入れて封をしたのに、相手先に着いたときには空《から》っぽだったのよ。別居中の夫に送ったのだけどね。そんなこと、ふつうありえないでしょう」

女性は信じられないといった顔で、おそらくすでに何度もそうしたように、封筒の中をのぞく。

夫と別居中とは、なかなか複雑な状態のようだ。

「郵便局に行ってたずねてみたんだけれど、配達記録しか残っていないし、受けとった夫いわく、封をあけられた痕跡《こんせき》はなかったとのことだから、郵送の途中でなくなったということは考えられないの。封筒自体はここで買ったものだから、いったいどうなっているのか訊きにきたのよ。……ああ、もちろん店員さんに文句を言いに来たんじゃないの。もしかしたら、ほかにもおなじようなケースがあったりするのかしらって」

切羽詰《せっぱつ》まった涙声でまくしたてられ、聞いている璃子のほうもだんだん焦ってくる。

「いまのところ、そういったことは聞いていないですが……」

璃子は客の不安定な勢いに気圧《けお》されつつも、精一杯、丁寧《ていねい》に返す。

中身を入れたつもりが、実は忘れていたという単純な話ではないのだろうか。

しかし、そんなことを言ってお客さまを疑ってはいけないし、この勢いだと怒りだすか、泣き崩れてしまいそうだ。

どうしたらいいのかと、璃子はおろおろしてしまう。

「あの……」

とりあえず、気になったことを優しくたずねてみた。

「封筒の中身って、なんだったんでしょうか？」

女性の目に、後悔のようなものがよぎった気がした。

そして彼女は、表情を曇らせたまま、目を伏せて言った。

「大切なものよ。とても」

なにか、思い入れのあるものなのだろう。手紙か、小物だろうか。書留で送られているのだし、こんなふうに店にまで出向いて追及するくらいなのだから、よほど大切なものだったはずだ。

しかし、それがなにかまでは教えてくれない。

「困りましたね……」

璃子自身も途方に暮れてつぶやいた。

こんなとき、遥人やたゑがいてくれたら、うまいことあしらってくれるのに、あいにく今日に限って璃子ひとりで店番である。

ひっこみもつかなくなってしまって、どうしようかと口ごもっていると、

「おばけに喰《く》われちゃったんじゃないの？」

いきなり女性の背後から、若くて透き通る声が割って入った。

見ると、いつのまにか女性のとなりには、ど派手な身なりの若い少女が立っていた。

「あ、いらっしゃいませ」

璃子はあわてて挨拶《あいさつ》をした。

年は十六、七歳くらいだろうか。ショッキングピンクに白の大きなドット柄のトップスに、フリルのふんだんに使われた白いミニスカートをはいている。すらりと伸びた脚はモデルかと見まごうほどの美しいラインを描き、胸元あたりまであるレッドブラウンの髪は毛先がふわりとカールしていて、前髪はお洒落《しゃれ》にポンパドール風にまとめてある。

顔は西洋人形のように目鼻立ちが整っており、とにかく派手で目を惹《ひ》く美少女だ。

「おばけ？」

女はけげんそうに眉《まゆ》をあげた。

「そ。封筒にとり憑《つ》いたおばけが中身を喰ったとかじゃねーの？」

ファンションもさることながら、発言も突飛《とっぴ》である。

女性は馬鹿にでもされたとばかりに、不快げに眉間《みけん》に皺《しわ》をよせた。

「そんな……、やめてくれない、そういうの。おばけなんて、そもそもいるわけないのだし――」

璃子も、ちょっと前までならそんな反応をしていただろう。けれど、いまはおばけとかもののけの仕業《しわざ》と言われれば、そうでしたか、といやがおうにも納得せざるをえない。異形《いぎょう》の者たちがたしかに存在することを知ってしまったからだ。

しかし女性の表情は、それきり我に返ったように変わった。

「あ、私ったら取り乱してしまってごめんなさい……。無理だってわかっているのに、つい必死になってしまって……」

恥じ入るように言って、頬《ほお》を赤らめる。

「お騒がせしてすみません。帰りますね」

うって変わってまともな態度になると、彼女はそのまま踵《きびす》を返しかける。本気で帰ってしまうつもりのようだ。

「まってください！」

気づくと、璃子は女性を呼びとめていた。

女がけげんそうにふり返った。

「えっと……」

目が合ったものの、言葉が出てこなくて璃子は焦った。

なんだか申し訳なくて、うっかり引き留めてしまったものの、どうしたらいいのか皆目見当がつかない。この手の人には、期待を持たせるようないい加減なことも言えない。見つからなかったとき、きっともっと傷つけてしまうことになるからだ。

それでも、ひっこみがつかなくなってしまったので、ひとまず返した。

「こちらで、できる限りのことは調べてみます」

遥人に相談すれば、なんとかなるかもしれない。

「ええ、ありがとう。私、花房《はなぶさ》といいます。また日をあらためてこちらに伺《うかが》うわね」

女は抑制のきいた声音で言った。すっかり冷静になったけれど、目は赤いし、面《おもて》にある笑みは脆《もろ》く辛そうに見える。

あんなにも取り乱していたのだから、実際は藁《わら》にもすがる思いなのだろう。やはり、力になってあげたいと璃子は思う。

璃子が軽く頭を下げると、彼女は今度こそ身をひるがえし、コツコツとパンプスの音をたてて店を出ていった。

店から女が出ていってしまうと、美少女がからっとした口調で言った。

「アハハ、変な女だな。封筒まで置いていきやがって」

見ると、勘定《かんじょう》台の上に封筒が忘れられている。

「ほんとだ。届けなきゃ」

璃子はあわてて封筒をつかむと、勘定場をおりて女性を追った。

「また今度でいいじゃん」

背後から美少女の声がする。ほかの客のことなど、どうでもいいのだろう。部外者は気楽でいいなと思いつつ、璃子は女性の姿を捜したが、かぐら文具店は角地に建っているのでどっちへ行ったかわからない。

どちらも見てみたけれど、横丁に入ったようで彼女の姿は見当たらなかった。

「行っちゃった……」

店の前に戻ってきた璃子は、短く溜め息をついた。

それから手にした封筒を見つめた。

宛名《あてな》は「花房啓一《けいいち》」とある。彼女の夫の名前だろう。

別居しているということは、消えてしまったという封筒の中身は、もしかしたらあまり良いものではないのかもしれないと璃子は思った。

2.

「すみません、おまたせしてしまって」

店内に戻った璃子は、ドット柄の美少女にむかって軽く頭をさげた。この客のおかげで女性は冷静になってくれた。

「ああ、全然オッケー」

美少女は明るくてきとうに返すと、来店した用件を言うのではなく、履物《はきもの》を脱いで勘定場にあがろうとする。

「あ、あの……ここは従業員用のスペースで」

先に璃子が座敷にあがって、美少女をあわてて咎《とが》めると、

「いいんだって。あたしはここの従業員なんだから」

「えっ」

「非常勤のキイ子だよん」

美少女――キイ子は、おそらくカラーコンタクトと思われるオリーブ色の大きな瞳をひらめかせて、にんまりと笑った。

「非常勤……」

「今日はね、ハルは用事があって夜遅くなるんだってさ。だから、後半は代わりにあたしが店番するんだ」

璃子はあっと声をあげた。

「あなたが代理の……？」

遥人が言っていた代わりの店員だったのだ。遥人の名まで出すのだからまちがいない。それにしてもハルと呼び捨てにしているあたり、ずいぶん親密なようすだ。まさかふたりは恋人同士なのだろうか。

「あ、わたしは最近入ったばかりの新人で、水瀬《みなせ》璃子といいます。よろしくお願いします」

璃子は声音をあらため、あわてて頭を下げた。

「よろしく、璃子ちゃん」

キイ子は親しみのある笑みを浮かべながら、勘定台に向かって座った。

「璃子ちゃんもここ座って」

キイ子に言われ、璃子は一抹《いちまつ》の疑惑と緊張を抱いたまま、彼女の横に正座した。

それから、女性が忘れていった封筒を手にしてみた。

「この封筒、どうしよう。メーカーにでも問い合わせてみるべきかな？」

中は空《から》っぽだ。まさかとは思うが、似たような苦情が出ているのかもしれない。

「したって無駄無駄。中身まで保障してくれる封筒屋なんかあるわけないじゃん」

キイ子がどうでもよさげに言った。あいかわらず無責任だ。

璃子はあらためて封筒を眺めた。住所と宛名は、女性らしい丁寧《ていねい》な字できちんと書かれている。

裏返してみるとリターンアドレスはなく、「花房綾乃《あやの》」とだけ書かれていた。あの女性は綾乃というらしい。

「こっち見んなよ」

いきなりキイ子がぶすっとした声で言ったので、璃子は驚いた。

顔をあげると、キイ子は冷蔵ショーケースのほうを見ていた。

「どうしたの？」

「あの牛乳売り場の横にいる黒いやつがじろじろ見てくっから」

「え？」

璃子は目を丸くした。

キイ子は、黒いもののけがいることを言い当てた。

「キイ子さん、あれ、見えてるのね？」

「見えてるよ。つうかキイ子さんて、堅っ苦しいな。呼び捨てか、キイ子ちゃんとか呼んでよ」

「あ、じゃあ、キイ子ちゃん……、わたしも、ついこのまえからもののけが見えるようになったの。キイ子ちゃんはいつから見えてるの？」

「オギャアと生まれたその瞬間から見えてるよ」

「つまり、生まれつき……？」

生まれつきなら、璃子もあきらめがつくような気がする。見える理由がはっきりとしているのは、ちょっとうらやましかった。

「うん。だからもう慣れっこだな。気の合うやつとなら、ときどき話しながら一緒に寝たりもするよ」

「一緒に寝るの？」

いったいどうやって？

おなじ見える人というだけで親近感が湧いてくるけれど、一方で、この美少女が遥人とはどういう関係なのか、ますますもやもやと疑惑が募《つの》った。

「あれ、今朝からあそこに居座ってるんだけど大丈夫かな。危険なもののけじゃないと思う?」

璃子はあたりさわりのない質問をしてみる。生まれてからずっともののけを見てきたというキイ子なら、判断がつきそうだ。

「半日、璃子ちゃんが無事だったのなら大丈夫なんじゃね? 危ないヤツってたいていぎりぎりまで姿を見せないだろ。こんな真っ昼間から正体さらしてるアホは小物に決まってんじゃん」

かわいい顔して辛口《からくち》である。

「それもそうだね」

「……でも、もののけが見えるなんてすごい偶然だね」

仲間が増えたようで、そこは単純にうれしい。

「璃子ちゃんは、なんでここで働くことになったのさ?」

キイ子は勘定台に肩肘をついてくつろぎながらたずねてくる。人懐《ひとなつ》っこいまなざしが猫みたいだと思った。

「なんでかな。ハル君に誘われて……」

もしキイ子が恋人なら言いにくいことだが。

ここでなら就職先もなくて滞《とどこお》っている自分の人生が、ゆるやかに流れはじめるような予感がしたのだ。実際、前向きになれて、行き詰まりの閉塞《へいそく》感みたいなものはなくなった。

でも璃子は、字がきれいなだけで他にはなんのとりえもない自分を、なぜ遥人が雇ってくれたのかについて、少々不思議に思っている。

「泣きそうな顔をしていたからって言ってくれたけど、そんなそれだけで採用しちゃうなんて変だよね」

「へえ、女を泣かせるって、ハルも隅に置けない男だな」

キイ子はにやにやしだす。

「泣きそうな顔だったのは、ハル君と出会う前からね」

父のことや就職のことで悩んでいたせいだろう。いまはふっきれたけれど。

「ふうん、そうなんだ。どっちにしてもすげーだろ」

「ど、どうすごいの？」

「ハルは来るもの拒《こば》まず去る者追わずの、基本的に自分からは動かないタイプだと思うんだ。モテモテのくせに特定の女はいないし」

「いないの？」

「だと思うよ」

キイ子は恋人ではなかったらしい。璃子はその事実に、なぜかほっとしていた。

「でも、それってただの遊び人ってことじゃ……」

「この店のお守《も》りがあるから、いまは遊んでる暇はないんじゃねーの。そのハルが店に女を誘うってどういうことよ。つまり、そういうことだろ」

「どういうこと？」

独り合点《がてん》の会話に、璃子はついていけない。

「なんか下心ありそうじゃん」

キイ子は興味津々《しんしん》だ。

「下心って……。そんなんじゃないと思うよ」

本音を読ませてくれない人ではあるが。

「あーあ、璃子ちんはわかってないね。まあ、いい縁があったってことだよ」

「縁……？」

そう言われるとすんなりと受け止められる。まるで父が導いてくれたような出会いだったから、大切にしたいと思っているところだ。

とつぜん、もののけが見えるようになったのも、もしかして父が関係しているのだろうか。ここで働いていたら、いずれ父にも会えるのかもしれない。璃子はときどき、そんなことを考えたりもするようになった。

「キイ子ちゃんは？」

璃子は、キイ子の透きとおるようにきれいな白い肌を間近《まぢか》で見つめながら問う。

「当時、同居してた男にペンケースをプレゼントしたくて、ここに買いに来たんだ」

「同居してた男？」

思わず訊き返してしまう。

「そだよ。で、店番してたハルがおもしろいヤツで、いろいろ話してるうちに仕事の話になって、人手が足りないときにだけ出てくれる奴を探してるっていうからあたしが名乗り出たんだ」

「そうなんだ」

「ちなみにふだんはおもちゃ屋の販売員やってるんだよ。遊びに来てよ」

「うん。キイ子ちゃんは、おもちゃ屋さんのほうがイメージに合ってるかも」

キイ子のカラフルでキュートなファッションは、もしかしたらおもちゃ売り場にあわせているからなのかもしれない。

「同居してた彼ってどんな人だったの？」

いまはもう別れてしまったのだろうか。訊きやすくて、ついたずねてしまう。個性的ではあるが、妙に人を惹《ひ》きつける力のある子だ。

「いい男だったに決まってんじゃん。よくサバ缶一緒に食ったよ」

「サバ缶……?」

いったいどんな彼だったのだろう。

キイ子は語りだした。

「あたし、もと住んでいたアパートが火事でなくなっちゃってさ。それ以降、両親が新居も探さずにそれぞれの実家に帰っちまって、あたしはどっちかに身を寄せなきゃいけなくなったんだけど、どっちの家も居心地悪いし、ソリがあわなかったから家出したんだ」

「家出……」

「そう。家出」

「そうだったの……」

複雑なお家事情のようだが、家出娘というのも、これまたキイ子には似合っているエピソードに思えた。

「ところでキイ子ちゃん、その指どうしたの?」

璃子はふと、キイ子の左の薬指に包帯が巻かれていることに気づいた。

「ああ、これね。ちょっと急いでて、ドアに挟んだだけ」

「痛そう……、大丈夫？」

「舐《な》めときゃ治るって。あ、璃子ちゃんはそろそろあがっていいよ」

「うん、そうだね。ありがとう」

時計を見ると、たしかにもう交代の時間がきていた。

「お疲れさま。お先に失礼します」

璃子は頭を下げてから立ちあがると、キイ子に店番を替わった。

璃子は人見知りをするほうだが、キイ子とは初対面のわりによく話せた。個性的な子が相手だと、調子を合わせていればいいので璃子にとってはかえって話しやすかったりする。

四月以降、仕事先の決まらない自分だけが友達の中から浮いたような、置いてきぼりにされたような感じがしていたけれど、久々に年の近い同性の子と話をしたおかげで、店を出ても胸が弾んでいた。

3.

翌日の金曜日。

璃子は、朝から遥人とふたりで店番をした。

遥人は、今日の大学は午後からなのだという。

客あしらいのうまい彼が一緒なら、どんな珍客が来ても安心だし、どんなもののけが見えてもそんなに動揺《どうよう》しなくてすむ。

この日、璃子に見えているものといえば、あいかわらず冷蔵ショーケースの横に居座っている黒いもののけくらいだったけれど。

「きのう、キイ子から聞いた封筒のことなんだけどさ、ヌキトリの仕業《しわざ》っぽいな」

朝の小学生の客が完全にひいてしまい、始業の鐘が店まで響いてくるころ。

売り場の乱れた消しゴムのならびを正し終え、勘定場《かんじょう》に戻ってきた遥人が、他愛《たわい》ない世間話でもするような口調できりだしてきた。

「ヌキトリ？」

璃子は勘定場で、登校前の小学生たちが支払っていったお金に間違いがなかったか見直していた。百円とか二百円台の買い物ばかりでも、いちおうレシートを出すのだが、クシャクシャに丸めて店内に捨ててあることも多い。

「そう。俺も見たことはないけど、封筒に限らず、瓶《びん》とか鍋《なべ》なんかの中身をこっそり抜き取ってしまうもののけらしい」

「いたずらっ子なんだね。なにを目的に中身を抜き取るの？」

璃子はお金をさわる手をとめた。

「捕食活動の一環だと思うけど、過去には度がすぎて、こんな困ったケースがある。ほら、ここを見てごらん」

遥人は古い紐綴《ひもと》じの帳面を抽斗《ひきだし》からとりだした。

『もののけ日誌』と書かれている。このまえの管狐《くだぎつね》の事件のとき、遥人が書いていたものだ。文字の下には巻数がふってある。其ノ四拾五巻と。

「これって……」

「もののけの登場した事件を記録したものだ。うちはその昔、岐神《ふなどのかみ》の祀《まつ》られているところだったらしい」

「ふなどのかみ？」

はじめて聞く名前だった。

「道がふたつに分かれたり、交差しているところは神や霊も通るんだ。そこで災厄《さいやく》をもたらすもののけがこっちの世界に入り込まないように見張りとして祀られたのが岐神。つまり、そここそが黄泉《よみ》の国と繋《つな》がっている場所なんだよ。全国各地にあって、ひそかに見守っている家があるらしい」

「へえ、知らなかった……」

言われてみれば、かぐら文具店は角地に建っている。しかし、黄泉の国と繋がっている場所なんて、ほんとうに存在するのだろうか。

「うちの祠《ほこら》は、明治《めいじ》のはじめの区画整理でうやむやになってしまったみたいだけどね」

それで、神楽《かぐら》家の場合は覚え書きの帳面をつける習慣だけが残ったという。

この古い日誌は、璃子に見せるためにあらかじめ書庫から出してきたようだ。

遥人はその中の、ある日のページを璃子に示し、読みあげた。

「大正《たいしょう》一〇年、六月二十日、A区三丁目五十九番ノ辻《つじ》ニテ、二十四歳ノ娘ガヌキトリニ遭遇《そうぐう》。ヌキトリトハ、物ノ中身ヲ抜キトル物《もの》ノ怪《け》。生モノヲ好ム為、娘ハ腸《ハラワタ》ノミヲ抜カレテ死亡。奇怪ナ事件トシテ公《おおやけ》ニナッタ」

璃子は、さあっと血の気《け》がひいた。

「……いたずらっていうレベルじゃないね」

「今回は紙製の封筒だから、中身が生モノってことはないと思うけどな」

「生モノって……」

なんとなく生モノの入った封筒を想像してしまった璃子は、ぞくりと背筋を震わせる。

「しかし逆に中身が生モノでないとなると、ヌキトリが捕食のために動いたというよりは、ほかに、抜き取るよう依頼した者がいるとも考えられる」

「たしかに。食べたくもないもののために、わざわざ動かなさそうだものね」

「もし中身がなにかわかれば、どうしてなくなったのか、手がかりがつかめるかもしれない。この宛名《あてな》の人物が、中身を受け取るはずだった人なんだよな？」

遥人は封筒の宛名に目をうつした。

「綾乃さんの旦那《だんな》さんなんだって。別居中の……」

「ああ、キイ子から聞いてるよ」

「旦那さんなら、中身がなんだったか知ってるかしら」

中身を抜き取ったのが人間なのか、もののけなのか、あるいは、単なる綾乃のミスで勘違いにすぎないのかは謎だが、あんなにも困って嘆《なげ》いていた綾乃のために、璃子は、中身を取り戻すか、なにか手がかりのひとつでも示してあげないと申し訳ないような気持ちになっていた。

「受け取り直後がどんな状況だったのかだけでも知りたいな。明日、店を閉めて会いに行ってみようか？」

遥人が璃子のほうを見て、映画にでも誘うような気軽な口調で言う。

「ほんとうに？」

明日は土曜日で小学校は休みなので、客の入りが少ない。

「俺はいいよ。どのみちこんな個人情報の載った封筒をうちが持っているのも悪いから、早いとこ返さないと」

宛名の住所は歌川町《うたがわちょう》。最寄りの地下鉄で三駅ほどだ。つまりここから近い。

花房啓一がふつうの会社員なら、家にいる可能性も高いだろう。

「でも、いきなり行って、話までしてくれるのかな」

「たぶんね。この人だって、封筒の中身がなにで、どうなってしまったのか、きっと知りたいだろうから」

遥人は宛名に視線を戻して言う。

「そうだね」

璃子は遥人のこの前向きさが好きだ。璃子の行方《ゆくえ》不明の父のことも、みながあきらめている中、きっと生きていると言ってくれた。根拠などなくても、そう信じることで未来がいい方向にひらけるような気がする。

ふたりは花房啓一の家に行くための、待ち合わせの時間を決めた。

翌日。

遥人と璃子は、朝の十時すぎに花房啓一の家に着いた。

花房家は、民家の建ちならぶ一角にあった。

築三十年ほどだろうか。住宅街のようで、あたりには表札がなければ間違えてしまいそうなくらいに似たような家が、いくつも連なっている。

璃子が玄関で呼び鈴を押すと、ほどなく、啓一の母親とおぼしき白髪の混じりはじめた年配の女性が顔を出した。

「かぐら文具店の神楽といいます。啓一さんはいらっしゃいますか？」

遥人が頭をさげてから問う。

「ああ、すみませんねえ。今日は休みで家にいるんですが、たったいま、コンビニに行くとか言って出ていきました。じきに戻ると思いますけど」

「そうなんですか。ちょっとお話ししたいことがあったんですが」

「よかったら、あがってお待ちください」

母親は愛想よく勧めてくれた。ゆったりした物腰の、おだやかそうな人だった。

遥人はここで待ちますといったん断ったが、約束のあった客と思われているらしく、玄関からすぐのところにある居間に通されて、ご丁寧《ていねい》にお茶まで出されてしまった。

遥人は天気の話なんてしながらうまくこの場に馴染《なじ》んでいるが、璃子はいきなりのお宅訪問に恐縮しっぱなしだ。

室内はきちんと片づけられていた。革張りのソファセットとテーブル、それに腰丈の飾り棚《だな》がある。

遥人と璃子はならんで三人掛けのソファにかけていたが、

「ハル君、見て」

母親が退室してしばらくしてから、璃子は小声で言った。

「綾乃さんの写真が……」

飾り棚の上にいくつかの写真立てがならんでいるのだが、そのうちのひとつに綾乃を見つけたのだ。

璃子は席を立って写真立てのそばに歩みよった。

「その人が綾乃さんなんだ?」

遥人もやってきて、写真をのぞきこむ。

「うん。まちがいないと思う」

写真の綾乃は文房具店で見た会社勤め風のいでたちではなく、カジュアルな私服で真っ黒の猫を抱いていた。

そして、彼女に寄り添うように、となりに男がならんで写っている。

「きっと、こっちが啓一さんなんだわ」

年の頃は三十代後半くらいで、濃い一文字眉《いちもんじまゆ》をしているが暑苦しい感じはなく、目元にたたえたにこやかな印象はさきほど会った母親にどことなく似ている。

「背景は緑の芝生《しばふ》と木か。どこかの公園っぽいな」

遥人も、じっと写真に視線を注ぎながらつぶやく。

「猫を飼ってるのね」

艶《つや》やかで優美な感じのする黒猫だ。

「別居中なら、どっちかが引き取ったんだよな」

「いまはもういないのかもしれないわ」

この写真がいつ撮られたものかはわからないのだ。

「たしかに。結婚して何年目くらいなんだろう?」

「案外、新婚さんだったりして」

そうこうしているうちに、玄関のほうでだれかが出入りする音が聞こえた。啓一が帰宅したようだ。

ふたりはじっと黙って、応接間の扉越しに、母と啓一のやりとりを聞いていたが、一度通してしまった客を追っ払うわけにもいかないのか、啓一が話を聞いてくれることになった。


「どうもはじめまして。かぐら文具店の神楽と申します」

遥人は立ちあがって丁寧に頭をさげた。

となりの璃子も無言のまま、それに倣《なら》った。

こういうときの遥人は実に堂々としている。世慣れしているというのか、若者特有の浮ついたところがなくて、このまま大企業の営業職に就《つ》けそうだ。あいかわらず、状況によってころころと印象が変わる。

「どうも」

文房具店の店員に用はないが、という顔で啓一が会釈《えしやく》を返した。

「実は、奥さんの綾乃さんが、うちに忘れていった書留の封筒を届けにあがりました」

遥人はふたたび腰をおろすと、単刀直入にきりだした。

「封筒？」

「ええ。先日、綾乃さんから、こちらに簡易書留の郵便物が届いたはずです」

遥人が封筒を出すように目配せしてきたので、璃子はバイト用に新調した手提げ鞄《かばん》から例の封筒をとりだした。

「こちらです」

「ああ、これなら届いたよ。……なんできみたちが？」

啓一は璃子から封筒を受け取りながらも、けげんそうに返す。

「おととい、これの差出人である綾乃さんが、中身があなたに届く前に消えてしまったとお店に訴えてきたんです、どうなっているのかと」

璃子が言うと、啓一は片眉をあげた。

「綾乃が？」

「はい。中身が空《から》だったたって、事実なんでしょうか？」

「ああ。たしかになにも入っていなかったよ」

啓一は頷《うなず》いた。

三日前、母が昼間、郵便配達人から受け取ったものを、夜、帰宅してから開封して中身をとりだそうとしたが、なにも入っていなかった。逆さにして何度たしかめても、空だったという。

「気になったから、すぐに綾乃に電話して訊いてみたんだが、彼女はそんなはずはないと言ったんだ」

そして翌日、会社の昼休みに封筒を持って綾乃と会うことになり、彼女が返してくれとばかりに封筒をとりあげていったのだそうだ。彼女がかぐら文具店にやってきたのは、その日の午後だと思われる。

「僕は郵送中に間違いが起きたんだと思って、電話で郵便局にも問い合わせてみたんだが、差出人の方にご確認くださいと言われてしまった。そもそも開封の跡《あと》がまったくなかったのだから、綾乃が中身を入れ忘れたとしか思えないんだがね」

啓一も納得がいかないようすだ。

「開封の跡は、たしかになかったんですね？」

遥人が慎重に問う。

「なかったと思うよ。こういうのって、だれかが開けた場合、なんとなくわかるもんだろう？　糊《のり》のつきが微妙に悪くて浮いてたり、封筒の端がめくれてたり……」

たしかに璃子も小さいころ、友達宛《あ》てに書いた手紙を、封をしてからもう一度読み返したくなって、無理やりじりじりとシールやのり代の部分を剝《は》がしてみたことがある。

結局、破れそうになって、中途半端なままあきらめることになったり、あきらかに痕跡《こんせき》が残ってしまい、封筒を新調するはめになったりした。

とにかく、一度開封したものは、どんなに元通りに取り繕《つくろ》っても、案外、開封済みとわかるものなのだ。

「しかし綾乃も、メーカーに文句を言うならともかく、文房具店に怒鳴り込みにいくなんて、お門違いだよなあ。おたくのお店で買ったものだったんだろうが、すまないね」

啓一は恥じ入るように言って肩をすくめた。

「怒鳴り込みだなんて……、そんなんじゃなくて、なぜ中身が空になってしまったのかを知りたかったんだと思います」

璃子はあわてて言った。そして、中身を取り戻したいのだ。

しばしの沈黙がおりた。

「会話から気づいてると思うが、僕らは別居中なんだ」

「はい。うかがってます」

璃子が硬い声で返す。

「半年前に、住んでいたアパートが火災でなくなってしまったんだ。それをきっかけに、それぞれの実家に戻ったまま、新居も探さずにずるずると……。僕が仕事で忙しすぎたのが悪かったんだが」

啓一は後頭部に手をやって、反省ぎみに苦笑する。

「アパートが火災で……?」

最近、似たような話をどこかで聞いた気がする。キイ子だったか。

「ああ。ひとまず実家に身を寄せたのが、半年経っても続いている状態なんだ。綾乃もここに一緒に住めばよかったんだが、彼女の勤務先が、彼女の実家からのほうが通勤に便利だから同居を拒《こば》んでね」

啓一は、私的なことをずいぶんとあけすけに話す。ここまで詳しく夫婦仲についてを話してくれるとは思わなかった。

そもそも、見ず知らずの相手からのいきなりの訪問に、腹を立てて追い返すようなこともなくきちんと応じてくれるのだから、かなりおおらかな人なのだろう。

璃子はもう一度、飾り棚の上の写真を見た。

写真はいつごろ撮られたものなのだろう。写真の中のふたりはとても仲良さそうに見える。

この家に息子夫妻の写真が飾られているところをみると、義母と険悪だとか、そういうこともないように思える。

すると、璃子の視線に気づいた啓一が言った。

「それは結婚当初のものだね。綾乃がきれいに撮れているからって、母が気に入って

「……」

　啓一はなつかしそうに目を細めている。不仲で、別居中の妻を語る表情とは思いがたい。

「あの写真の猫は、いまはどうしているんですか?」

　どうでもいいことだが、璃子はなんとなく気になって訊いてみた。

「ああ、あの子は、いまは綾乃の弟のもとに預けてあるんだ。彼女の両親は猫嫌いだし、うちも母が猫アレルギーで飼うのがむずかしくて、仕方なく義弟《おとうと》のところに預けることに……。ずっと別居なんてしているから、可哀想《かわいそう》な思いをさせているよ」

「そうなのですね」

「もしよかったら聞かせてほしいんですが――」

　遥人が数拍おいてから、ずばり質問した。

「封筒の中身はなんだったんですか?」

　おそらく、綾乃から聞いているはずだ。

「気になるかい?」

　興味本位だと思ったようで、啓一は少し笑う。

「すみません、取り戻すことに協力できたらと思って……」

　遥人はうまいことあしらう。それとも、純粋に取り戻してあげたいと思っているのかもしれない。このまえ、自分を救ってくれたように。

「実は、僕にもいまだにわからないんだ」

「え？」

　意外な答えにふたりは目をみはる。

「綾乃は空のはずはないと否定しただけで、教えてくれなかったから。そこで僕は空の封筒について、こう考えた。封筒には、おそらくはじめからなにも入っていなかったんじゃないかと」

「はじめからなにも……？」

　璃子と遥人はぽかんとする。

「そう。僕はこれまで仕事が忙しくて、綾乃との結婚生活には無関心だった。大きなプロジェクトの前なんかは、多忙を極めて会社に寝泊まりするようなこともあったんだ。彼女が勤務先からひと足先に帰宅して、食事を作って僕を待ったり、猫と眠るだけの生活は、寂しいし、つまらなかったと思う。僕らは結婚して五年もたつが子供はいないし会話も少なくて、正直うまくいっていなかった。この封筒は、そういう気持ちを汲《く》み取ってほしくて送ってきたんじゃないかと思うんだ」

　たしかに空の手紙が送られれば、中身はなんだったのかと相手のことを考えざるをえない。

綾乃は中身を取り戻したがっていたようだったから、空ということはありえないように思えるが――。

啓一もそのことを悟っているのか、苦笑しながら言った。

「まあ、これは僕なりの答えにすぎないわけだが、とりあえずいままでのことは反省して、できる限り家庭のことも考えるようにしようと思っているんだ。実際は時間的に厳しいかもしれないけども、とりあえずペットも飼える新居は探したところさ」

「そうなんですか」

この男が、根はまじめで責任感のある人柄であることは伝わってくる。悪意があって仕事に没頭《ぼっとう》していた、あるいはそのふりをして家庭をないがしろにしていたというようすでもない。

しかし綾乃のほうは、この封筒になにを入れ、なにを望んでいたのだろう。

「そうそう、明日はちょうど綾乃の誕生日なので、彼女を迎えにいくつもりでいるんだ」

綾乃を驚かせるために、まだ秘密にしてあるのだという。

啓一自身が、いまの心境や選択をだれかに話すことで、決意をあらたにしているように見える。

「じゃあ、また猫も一緒に新居に戻れるんですね」

璃子はほっとした口調で言いつつも、内心、焦りをおぼえていた。

もしかしたら封筒の中身は離婚届や別れを伝えるための手紙などで、綾乃のほうは新居を望んでないのかもしれないのだ。お互いの思いが食い違っているのだとしたら、ふたりはどうなってしまうのか。

他人事《ひとごと》ながらも、ぐるぐると考えている璃子をよそに、遥人が淡々と話題を変えた。

「ところで啓一さん。最近、身の回りでなにか、いままでと変わったことは起きてませんか？」

「変わったこと？」

とつぜんの質問に、啓一は面食らった。

「ええ、閉めたはずのドアが開いていたとか、風呂上りなのに悪寒《おかん》がするとか、夜、なぜか眠れないとか……」

もののけの気配についてを探りたいのだろうか。璃子の目には、この男になにか憑《つ》いているようにはみえないけれど。

「夜もよく眠れるし、とくにないと思うが……」

「それならよかった」

遥人はそう言うと、立ちあがった。

「そろそろ失礼します。もし封筒のことでなにかわかったら、またお伝えしますので」

「ああ。よろしく。わざわざありがとう」

啓一はほほえみながら頷《うなず》いた。自分なりの解釈に満足しているらしい啓一は、封筒の中身に関してはもはやそれほど気にしていないようだ。

これで綾乃のほうも、元の鞘《さや》におさまることを望んでいてくれればいいのだが——。

璃子たちは、礼を言って花房家を辞した。

4.

「もし綾乃さんが送ったのが、恨み言の手紙とかだったらどうしよう……?」

人通りの多い大通りの歩道を歩きながら、璃子はふたりの行く末が気になって、ずっと懸念《けねん》していたことをなんとなく口にした。

「夫のほうは、よりを戻すつもりでいるみたいだったからな」

「うん。綾乃さんはちょっと思い詰めてしまうタイプだったけど、旦那《だんな》さんはおおらかな楽天家って感じでお似合いだもの。仕事さえ忙しくなければ、ふたりはうまくいっていたんじゃないかな……」

「璃子さんは、もし中身が別れの手紙関連じゃないのだとしたら、なんだと思う？」

　遥人が訊いてくる。

「うーん、もう一度やり直したいという手紙とか、ふたりの思い出の品とか……？　そっち系のものだったらいいな」

　お店で綾乃が見せた涙は、それを取り戻したかったからなのだと思いたい。

「そうだよな」

　遥人も口先では同意してくれた。

　しかし、彼もわかっているだろう。すべてはこっちの勝手な期待であって、可能性としては離婚届や恨み言の手紙ということもありうるのだ。

　もし綾乃が正式に夫と離婚したがっているのだとしても、その手紙は彼女にとって大切な、なものになるのだから――。

「状況からして、もののけも絡んでいそうだ」

　横断歩道の手前で足を止めた遥人が、ひとりごとのようにつぶやいた。

　神隠《かみかく》しや鬼火《おにび》など、世の中の説明のつかない不可思議な出来事のいくつかは、背景にもののけが絡んでいることがほとんどなのだという。

「ヌキトリとかいうもののけ？」

中身が勝手に消えてしまうなんてこと、ふつうでは起こり得ないことだ。綾乃のミスでないのなら、もののけの仕業《しわざ》としか思えない。

「うん。でも、そいつがあの夫婦にかかわった理由がわからない。封筒の中身によほど魅力がない限り、あんな平凡な人間たちに手は出さないだろ。やっぱ中身は生モノかな……？」

「やめて、ハル君」

璃子は顔をしかめる。

「あ、そういえば非常勤のキイ子ちゃんが、以前住んでたアパートが火災になったって言ってたの。まさかとは思うけど、おなじアパートだったりしてね」

さっき、啓一の話を聞いて思い出したのだ。

「キイ子が？」

「うん。知らなかった？」

「初耳だな。あいつって、かれこれ三年近くうちで働いてる馴染《なじ》みの店員だけど、とにかくちゃらんぽらんなやつなんだよなあ」

たしかにちゃらんぽらんではある。

「三年前って、キイ子ちゃん、中学生くらい？　あの子、いまいったいいくつなの？」

「百歳以上、百五十歳未満ってとこ」

「は？」

璃子が耳を疑うと、遥人は笑いながら言った。

「あいつは人間じゃない。猫娘《ねこむすめ》なんだよ」

「ええっ」

璃子は思わず大きな声をあげてしまった。

「猫娘って……」

「百年以上生きた猫はおばけになるって聞いたことない？　猫又《ねこまた》っていうんだけど、あいつは人の姿に化けているもののけなんだ。人の姿になったり、猫になったりして、飼い主を変えてあちこち転々としてるらしい」

あたりまえのように話されて、璃子は唖然《あぜん》としてしまった。

キイ子が人間ではない？

「そうだったの……？」

言われなければまったくわからなかった。

綾乃にも、ちゃんとキイ子の姿は見えていたし、会話もかわしていた。ということは、もののけでも人前に姿を見せることができる者がいるということか。

「アパートが火災になってたのか……。まあ、両親とかいうのは真っ赤な嘘だね。あいつの両親なんてとっくにあの世だろうし」

遥人は驚く璃子をよそに、おかしそうに言う。

「でも、男の人と住んでいるみたいよ？」

「いまの飼い主のことを恋人と言ってるとか？　……しかしアパートが火事とはな」

遥人はつぶやいたきり、しばし無言で考え込む。

「あ」

それからすぐになにか閃《ひらめ》いたようだ。

「どうしたの？」

「ごめん、俺、これからちょっとキイ子のとこに行ってくる」

彼は青に変わった横断歩道は渡らず、人の流れに逆らって踵《きびす》を返した。

「わたしもいい？」

璃子は、なんとなくキイ子のことが気になってひきとめた。

「いいけど、あいつ、おもちゃ屋で働いてるんだ」

「聞いたよ。なんか夢があっていいよね。あの子にすごく似合ってると思う」

「夢ねえ……」

しかし、璃子はその後、同行したことを激しく後悔することになった。


バスで二十分ほど移動して辿《たど》りついたのは、四階建てくらいまでの低く古ぼけたビルやスナックがならぶ猥雑《わいざつ》な雰囲気《ふんいき》の区画だ。

遥人は、地元の人しか通らないような狭い道を歩いてゆく。

昼間のせいかひと気がない。痩《や》せた野良猫が、しゅっとゴミ箱の陰に隠れるのが見えた。

ほんとうにこんなところにおもちゃ屋があるのだろうかと、璃子が居心地の悪さを感じながらきょろきょろしていると、

「ここだよ」

遥人は一階に探偵事務所の入っている小さな雑居ビルの前で足をとめた。

彼は二階を見上げている。おなじように上を仰《あお》いだ璃子は、看板を見て目をむいた。

屋号は『夜のおもちゃ箱』とあるが。

「夜のおもちゃ箱って……」

「そう。大人のおもちゃ屋さんだよ」

遥人は仰天《ぎょうてん》している璃子を見て、ふっと笑った。

キイ子のバイト先のおもちゃ屋とは、アダルトグッズ専門店だったのだ。

「免疫《めんえき》ないのなら、外で待ってたほうがいいと思うけどどうする？」

赤面している璃子に遥人が訊いてくる。

遥人は平気そうだ。免疫があるのかとつっこみたくなったが、

「大丈夫です」

と、なんとか気をたしかにもって返事をした。

「キイ子ちゃん、どうしてこんなところで……」

「無戸籍者《むこせき》が雇ってもらえるお店なんて限られてるからね」

遥人とともにビルの右手にある階段を上っていくと、ふたつの黒塗りのドアに出くわした。そのうちのひとつがキイ子の働いている店だ。

右手に『夜のおもちゃ箱』と表札がかかっているだけで、一見、個人宅のように見える。

「出入りするところ、だれかに見られたらどうしよう」

璃子は思わず後ろをふり返りたくなる。

「そういうのは気にしたら負けだよ」

遥人はここに来るのははじめてではないようで、堂々とドアをあけた。

「いらっしゃーい」

奥から明るく能天気な声がした。キイ子だ。ほんとうにここで働いているらしい。

店内は、正面からいきなり売り場だった。璃子の背丈ほどもあるガラスのショーケースに、ぎっしりと得体の知れないものが置かれている。

左に通路が伸びていて、その右手にレジらしき空間が、左手には売り場があった。

店内は十二畳《じょう》ほどでかなり狭いが、派手できわどいデザインの下着なんかもならんでおり、璃子は恥ずかしくて直視できなかった。

「あ、ハルじゃんか」

レジのほうから声がした。

見ると、やっぱりキイ子だった。今日は小悪魔風情《ふぜい》の真っ黒なワンピースを着ていて、メイクはラメを使った華やかな感じだ。どこかのモデルのようだった。

「ハルだよ。おまえ、あいかわらずだな。仕事しろよ」

レジの前に立ったハルが呆《あき》れている。

それもそのはず、キイ子は美脚をレジ台に投げ出して、悠長《ゆうちょう》にネイルなんて塗っているのだから。

「だって客こねーんだもん。あ、璃子ちんまでいる。なに？　ふたりで昼間っからこんなとこ来ちゃっていいのォ？」

キイ子は含みのある目をしてこちらを見てくる。

が、遥人は溜め息をついて、やや厳しい口調で言った。

「おまえ、もののけを私物化するなって言っただろ」

「え？」

いきなりの発言に、璃子は首をひねった。

「私物化って？」

しかしキイ子には意味が通じたようだ。長い睫《まつげ》に覆《おお》われたオリーブ色の目つきがスッと鋭くなった。

「なに生意気にカマかけてやがるんだ」

キイ子が返した。口は笑ったままだが、目はすわり、声音《こわね》が低くなった。

「やっぱそうなのか。ヌキトリをそそのかして綾乃さんの封筒の中身を抜き取らせたのはおまえだな、キイ子」

遥人が非難しながら断じる。

「どうしてキイ子ちゃんが……？」

接点が思いつかない。ふたりは初対面ではなかったのか？

「ペットと飼い主の関係だよ。綾乃さんたちが飼ってたあの写真の黒猫が、キイ子なんだ」

　遥人に言われ、璃子ははっとした。

　そうだ、キイ子は猫又で、猫にも人の姿にもなれるのだ。

　火災でアパートがなくなり、綾乃が弟にあずけた黒猫というのはキイ子だったのだ。

　それで、なにか理由があって、キイ子は綾乃の出した書留の中身をヌキトリに盗ませた。

「飼い主は両親みたいなもんだろ。しつけはしてくれるし、飯はくれるし」

　キイ子は姿勢をあらため、ぶすっとした顔で言い訳をする。悪事を認めたようだ。

「そういうことだったの……」

　まさか、両者が関係しているとは思わなかった。

「でも、どうしてそんないたずらを仕掛けたの？」

「知らねえよ。ただの気まぐれだい」

　キイ子はネイルを塗る手も止めてうそぶく。

「あいかわらずちゃらんぽらんなやつだな。とにかく、もののけは自分の都合で動かすなって。厄介《やっかい》な事件になったらどうするんだ」

　遥人はやれやれと肩をすくめる。

するとふとキイ子が真顔になった。

「だって綾乃は、泣いてたんだよ」

「え？」

「あたし、昼間は暇だから猫の姿で街をうろちょろしたりもするんだけどさ、たまたま綾乃の家を覗《のぞ》きに行ったとき、ちょうど綾乃があの手紙に封をして泣いてたんだ」

彼女は、なにか紙状のものを封筒の中に入れたあと、無言のまま、ぽろぽろと涙を流しはじめた。ひどく辛《つら》く、悲しそうな表情だったという。

「人間は悲しいと泣くもんだろ。だから、ほんとうは啓一に渡したくなんかない物だったんだろうって。涙を流すくらいなら、そんなもの、渡さずになくなっちゃえばいいって思ったんだよ」

「それでヌキトリに……？」

キイ子は無言のまま頷《うなず》く。〈黄泉比良坂《よもつひらさか》〉といわれるもののけの溜まり場で、偶然ヌキトリを見つけたので交渉したのだそうだ。

「対価は？」

「そういうの、必要なの？」

遥人の問いに、璃子はぎょっとする。

「そりゃ、タダでは動かないよ。この世だってそうでしょ。人を動かすには金がいる」

キイ子が悟りきった目をして言う。

「となると、たとえばどんなものが必要なの？」

「寿命と引き換えが多いな。あとは、体のどこか一部とか……」

「そうそう、目ン玉とか、歯とか、臓器なんかもあるよね」

「え……」

遥人に続いてキイ子に言われ、璃子は絶句した。寿命や臓器と引き換えだなんて、もののけ相手の依頼はずいぶんと高くつくようだ。

「で、おまえはなにを渡したの？」

遥人はキイ子の顔をのぞきこむ。

「キイ子の左薬指のツメ一年分」

「爪か。その包帯の理由はそれだったんだな」

キイ子の薬指に目をやって、遥人は嘆息した。

そういえば、いまも彼女の左手の薬指には包帯が巻かれている。綾乃のために、彼女はそれを失ったのだ。

「綾乃に出会ったのは雨の日だった。あたしはそれまで世話になってた主の家族には八つ当たりの意地悪をされるようになってたから、その家にはいたくなかった。あたしはもう成猫だったけど、綾乃はかわいいと言って連れて帰って体を拭いてくれた。それから温かいミルクをくれた。それ以来、そこに居ついたんだ。しばらくして啓一が帰ってきても、あたしを追い出すようなことはなくて――」

五年ほど前のことだという。ふたりが結婚して間もないころだ。

「あたしは、あの夫婦と暮らすのはなかなか楽しかったんだ。あいつら、お互い猫が飼えない家で育ったから、将来は猫を飼うのが夢だったんだってさ。それですげー大事にしてくれたんだ。なんでもない、仕事に忙しい夫と、その帰りを苛々《いらいら》しながら待つ妻っていう平凡な夫婦だったんだけどな。綾乃なんて啓一がいないぶん、あたしをたくさん構ってくれて、良い遊び相手だった。なにより、エサが穀物不使用《グレインフリー》の高級品だったしな」

「そこかよ」

「だから、ずっとあいつらのとこにいたかったんだ。弟も愛してるけど、あの夫婦のもとを塒《ねぐら》にしていたかった」

「だからヌキトリに……？」

「そだよ」

キイ子はあえて無感情に返した。

猫又だという彼女の美しく大きなオリーブグリーンの瞳はビー玉のように美しい。

澄んだ瞳を見ていると、いたずらなどではなく、ほんとうにまっすぐに綾乃のことを想ってしたことなのだとわかる。

大好きな飼い主のために、なにかしてあげたいと。

彼女なりに考えて、精一杯のことをした。ずっと一緒にいたいから――。

「馬鹿だなあ、キイ子は」

遥人はくしゃくしゃとキイ子の頭を撫《な》でまわした。その表情は優しくて、決して馬鹿にしているふうではない。

「やめろ、ハル。自慢の毛並みが乱れるだろうが」

キイ子は遥人の手をはねのけた。あくまで馴《な》れ合いのやりとりなので、璃子は黙って見守った。

「で、封筒に入れたのはどんな手紙だったんだ?」

遥人はあらためて問う。

「あたしも知らねーよ。そこまでは見えなかったし」

すでに四ツ折りにされて封を閉じるところだったという。紙なのは間違いないようだが。

「それよりおまえら、この店に来たからにはなんか買っていけよ」

キイ子に言われ、璃子はぎくりとした。そういえば、ここは大人のおもちゃ屋だった。

「ああ、好きなの選んでいいよ、璃子さん」

「ええっ」

遥人にまで言われ、璃子は目を白黒させた。

「冗談だよ」

「あ」

「そろそろ帰ろうか。結局、中身もわからずじまいだけど」

遥人は笑いながら適当に流すと、さっさと踵《きびす》を返して出口に向かう。

「……はい」

冗談だったらしい。あいかわらずつかみどころのない人で困る。

「璃子ちん、また来てねーん」

キイ子の能天気な声に促《うなが》され、璃子はあわてて遥人のあとについて出入り口のほうへむかった。

頰《ほお》が真っ赤になっているのがわかった。そもそも、ここはカップルで来たりするところなのだ。

文房具店でも、よくたゑにからかいや冷やかしの言葉を浴びせられているが、遥人はどういう思いでそれらの言葉を聞き流しているのだろう。

璃子は毎回、こんな自分が相手で申し訳ないような気持ちでいっぱいなのだが、いつも平然としている遥人のほうは——。

それは、彼が黄泉《よみがえ》返りなのかどうかを知りたい気持ちとおなじくらい、璃子の中で問題になりはじめている。

5.

二日後の月曜日、午後三時をまわったころ。

璃子が遥人と店番をしていると、綾乃がやってきた。

一度目の来店とおなじ時刻で、勤め帰りといった風情《ふぜい》だ。この時間に仕事が終わるのだろう。

璃子は、そろそろたゑが旅行から帰ってくるはずなので、勘定台《かんじょう》の抽斗《ひきだし》の整頓《せいとん》でもしなおそうと思っていたところだった。

「いらっしゃいませ。あ、綾乃さん……?」

璃子は、抽斗に伸ばしかけた手をとめた。

「どうも、こんにちは」

綾乃はまっすぐに璃子のもとへやってきた。

商品に目もくれないのはあの日とおなじだが、まなざしには哀しみや不安などの淀《よど》んだ感情がまったくなく、表情が明るくておだやかな印象だった。

春らしい薄桃色の上着のせいもあるだろうか。やわらかな色の服装だと、刺々《とげとげ》しい感じが薄れて優しくなじみやすくなるものだ。

「あれからね、例の書留を送った夫と話をしたの。あなた、会いに行ったそうだから、知ってるわよね」

「はい、封筒の中身をなんとか取り戻したくて……」

綾乃は決して責め口調でもなかったのだが、璃子はなんとなくばつが悪くてうつむいた。

「気にしないで。彼がね、新居を探していてくれて、また一緒に住むことになりそうなの」

綾乃はさっぱりとした顔で言った。それを告げに来たのだと。

璃子は面《おもて》をあげた。

「そうだったんですか。よかったですね」

おととい会ったとき、啓一はたしかにそれらしいことを言っていた。この表情なら、綾乃もまた、それを望んでいたと考えてよさそうだ。

「猫はどうするんですか？」

　倉庫部屋から戻ってきた遥人がたずねる。キイ子のことを気にしているのだろう。

　綾乃は一瞬、だれこの人という顔をしたが、すぐに璃子と一緒に夫のもとをたずねた男だと悟ったようだった。

「きいのこと？」

　綾乃に訊かれ、璃子は目を丸くした。

「きい……。あの子、きいっていうんですか。かわいい名前ですね」

　キイ子のキイはそこからきていたようだ。

「いまは弟のところに預けているんだけど、連れ戻すつもりでいるわ」

「よかったですね」

　遥人は安堵《あんど》したようすでほほえむ。

　これで、ひとまずキイ子の塒《ねぐら》の問題は片付いた。

「ところで、あの……、封筒の中身って結局なんだったんですか？」

　璃子はずっと気になっていたことを訊いてみた。紙だったことまではわかっているが。

　いまなら教えてもらえるような気がした。

するとと綾乃は、言いにくそうに少しはにかんだ。

「中身はね、離婚届と結婚指輪よ」

予想どおりの答えだった。しかも指輪まであったとは。

「それってつまり……」

「本気で離婚する気だったんですか？」

璃子が口にしづらいと思っていることを、となりの遥人がすんなりと訊いてくれた。

「……もし彼がその気なら、別れてもいいって思ってたわ。これで終わるなら、それまでの仲かなっていう投げやりな気持ちもあって」

答える綾乃の顔がやや曇った。本心からの言葉ではないのだろうか。

「中身のことは、啓一さんに話しました？」

遥人はさりげなく質問をかさねる。

「いいえ、まだ。やっぱり言いづらくて……」

たしかに、結婚生活をやりなおそうと考えている相手には、水をさすような発言になってしまう。

「言わなくてもいいんじゃないですか？　啓一さんは、空《から》の封筒を受け取って考えをあらためたそうです。自分たちの仲を見直すきっかけになったと。もし離婚届と指輪を受け取っていたら、こんな結果にはならなかった可能性もある」

遥人はごく自然に促す。

たしかに、いきなり離婚届を突きつけていたら、やり方が極端すぎて腹を立ててしまったかもしれない。キイ子がしたことは、実はおおいに意味があったのだと璃子も思う。

綾乃だって、中身が夫に届いてほしくなかったからこそ、店であんなにもとり乱し、必死で取り戻そうとしたのだろう。

「それもそうね。ありがとう」

綾乃は、なにか憑《つ》きものがとれたような、すがすがしい表情で礼を言う。

「でも、指輪、結局なくなったままですね」

璃子は力になれたようで、なれていないことを申し訳なく思う。

「ええ、ほんとうに。いったいどこへいってしまったのかしらね」

綾乃も、不思議そうになにも嵌《は》まっていない左手の薬指をみつめる。

ヌキトリというもののけに食べられてしまったんです。と、説明しても、わかってはくれないだろう。綾乃はそういう類《たぐい》の話には否定的だった。

「私が彼を試すようなマネをしたから、その罰なのかもしれないわね。あたらしいものを、おそろいで新調しなくちゃ」

綾乃は、悔やむように言って肩をすくめた。ところが、

「その必要はないですよ」

遥人が割って入った。

「これを見てください」

彼は璃子のとなりに屈むと、机の抽斗からきれいに畳《たた》まれた白いハンカチをとりだした。それを手のひらにのせてひろげてみると、真ん中にはなんと、指輪が隠れていたのだ。

「これがあなたの指輪じゃないですか、綾乃さん?」

遥人に問われ、綾乃は目をみひらいた。

「ええ、そうよ。たしかに私の……」

「どうぞ」

遥人は指輪をハンカチごと、綾乃にさしだした。

「どうしてきみが?」

綾乃は指輪を受け取りながら問う。

「近所の小学生が、この近くに落ちてたって届けてくれました」

「落ちてた……?」

綾乃は驚きのうちに問う。

「どういうことなの？　どうしてこのお店の近くに……？」

璃子も、ありえない事態にぽかんとしてしまう。

「さあ。たまに起きる超常現象の一種じゃないですか？」

遥人は適当にさらっと流す。もののけの仕業《しわざ》ということだろうか。奥《おく》のときとおなじように、見えない相手にもののけについてを話す気はないようだ。

「超常現象……」

綾乃は狐につままれたような顔のままつぶやく。

「不思議なことがあるものなのね」

戸惑いながらも、彼女は左手の薬指の指輪を眺める。はじめてここへ来たときとはちがって、意外にも遥人の言葉にすんなりと流されてくれそうだ。

「よかったじゃないですか、綾乃さん」

璃子は、それ以上つっこまれないように、綾乃の気を紛《まぎ》らわせる。

「ええ、なんだかよくわからないけれど……。このことや離婚届のことは、夫には秘密にしておいたほうがいいのかしら」

綾乃は、夫に話したそうな口ぶりだった。この不思議な出来事は、彼女の中の罪の意識をやわらげたようだ。

「いつか笑い話になるときがきたら、うちあけてもいいと思いますよ」

遥人は遠まわしに勧めた。

璃子もおなじことを思った。そんなころはもう、啓一が真相を知ったところで複雑な感情にとらわれることもないだろう。

「そうね。ありがとう」

綾乃は、ほほえんで頷《うなず》いた。

6.

「……で、指輪はほんとにハルがとり返してくれたのか？」

夕刻になってふらりと店にやってきたキイ子が、勘定場《かんじょうば》にいた遥人から事の顚末《てんまつ》を聞いて問う。

今日はポニーテールにポロシャツを着たチアガール風で、ビビッドなメイクが華やかでキュートだった。

「ああ。ヌキトリのヤツからな」

犯人はやはりヌキトリだったのだ。

遥人は、璃子にも話してくれたことをキイ子に伝えた。

ヌキトリは物の中身を抜き取って悪さをするもののけで、抜き取ったものは喰われてしまうのだが、今回は離婚届と指輪で、紙と金属。離婚届のほうは問題なかったが、指輪は消化不良を起こして腹に残っていたそうだ。

「捕まえて問いつめたら、いつまでも腹に入れてても仕方ないって、あっさり吐きだしてくれたよ」

「汚ねーな」

キイ子は顔をしかめた。

「ちゃんと洗ったからいいんだよ」

「綾乃さん、喜んでいたしね。……ところで、ヌキトリってどんな格好のもののけだったの？」

勘定場にいた璃子は、興味のままに問う。

「見てみたかった？」

「うん、ちょっとだけ」

いつ、どこで捕まえたのだろう。

すると遥人と、なぜかキイ子までが、ふっと笑った。

「驚かないって約束してよ、璃子さん」

「わかった」

璃子は頷いた。どんな容貌《ようぼう》なのかと、どきどきしてくる。

「璃子ちん、冷蔵ショーケースの横に居座ってたヤツ、覚えてる?」

キイ子が問う。

「あ」

璃子ははっとした。そこには数日前から黒いもののけが居座っていた。いつのまにか、いなくなっていたけれど。

「もしかして、あれが?」

「そう。あいつがヌキトリだったんだよ」

遥人もにやりとして頷いた。遥人も知らなかったが、キイ子に教えられてもののけ日誌に書かれていたものと同じであることに気づいたのだという。

「ということは、この顚末をずっとあそこで見てたってこと?」

「そうだよ。あたしはうっとうしくて無視してたけどね」

キイ子はしれっとして言う。

遥人はおかしそうにヌキトリのいたほうを見やった。

「あいつはキイ子に頼まれてヌキトリっぷりを発揮したものの、生モノじゃないものはまずかったみたいで腹を壊した。それで腹の中のものをどうにかしてほしくてこの店に来てたんだ。でも、いざキイ子を前にしたら、そんなことはカッコ悪くて言えず、どうしようかと迷っていたらしい」

「わたし、気づいてあげられなかった。お腹の調子が悪かったのね」

なにか訴えているような気はしたのだ。わかってやれなくて、かわいそうなことした。

「それは璃子さんの仕事じゃないんだから気にしなくていいよ。それに情けをかけることはない。悪いことも、いくつかしてきてるヤツだしな」

言われてみればそうだった。恐ろしいもののけと一緒に過ごしていたものだ。

璃子はキイ子の手に目をうつした。

薬指の爪は、まだまだ伸びきらない。

「キイ子ちゃん、薬指の爪、痛む？」

爪は猫にとっては大切なものなのに。

「べつに。ちょいみっともなくて恥ずかしいだけ。それより、綾乃たちが元通りになってくれるほうが幸せだもん」

その通りだ。だからこそ取引したのだ。

「ふたりともサンキュ」

キイ子は満足そうな笑みをうかべていた。

「うん」

いつか、どんな形でもいいから、愛猫《あいびょう》の想いが飼い主たちに届いたらいいなと璃子は思った。

そこへ、旅行に出掛けていたたゑが帰ってきた。

「ただいま帰った」

両手にたくさんの土産《みやげ》袋をさげて、奥の間からあらわれる。

「おかえりなさい」

「おかえり、たゑ婆。土産なに?」

勘定場であぐらをかいていたキイ子がいち早く、たゑの置いた手荷物に駆けよった。

「はやくちょうだいよ。このために店に来たんだからさ」

「そうだったの、キイ子ちゃん」

ちゃっかりしている。なぜ来店したのか疑問ではあったのだ。

「こら、勝手にあけるなよ、おまえ」

遥人が、たゑの手荷物から土産の包みを抜き取り、おもむろに破りだすキイ子を咎《とが》める。

「うわ、温泉饅頭《まんじゆう》とか勘弁してよ。こんなのどこで買っても中身おんなじじゃんか」

定番の土産にキイ子が文句をたれる。

「文句言うでない！　ほれ、おまえさんも家に持って帰りな。姑《しゆうとめ》からだって、お母さんによく言っておくんだよ」

たゑはどっさりと温泉饅頭を手渡してくれた。

「姑って……」

あいかわらず嫁候補だと誤解しているようだ。

「貰《もら》ってやって」

遥人に呆《あき》れ気味に言われ、璃子は大人しく受け取っておいた。

「ありがとうございます」

「お疲れさん、もうあがっていいよ。暗くなる前に帰ったほうがいい」

遥人がガラス戸のむこうの、夕暮れ手前の景色を窺《うかが》いながら言ってくれる。

「そうだよ、変なもののけに遭《あ》うまえに帰らなきゃだよ、璃子ちゃん」

「じゃあ、お先に失礼します」

璃子は彼らの言葉に甘えて立ちあがった。

「お疲れー。また今度ね」

キイ子が勘定場《かんじょう》を去る璃子に陽気に手をふってくれた。彼女は猫娘だから、やはり夜行性なのだろうか。

「あ」

裏手の玄関まできたところで、璃子は足を止めた。

そういえば、遥人の真相について——彼が黄泉返《よみがえ》りなのかどうかは、もしかしたらキイ子が知っているかもしれない。

次に会ったらこっそり訊いてみよう。そう思いながら、璃子は玄関の戸を閉めた。

第三話　短冊に願いを込めて

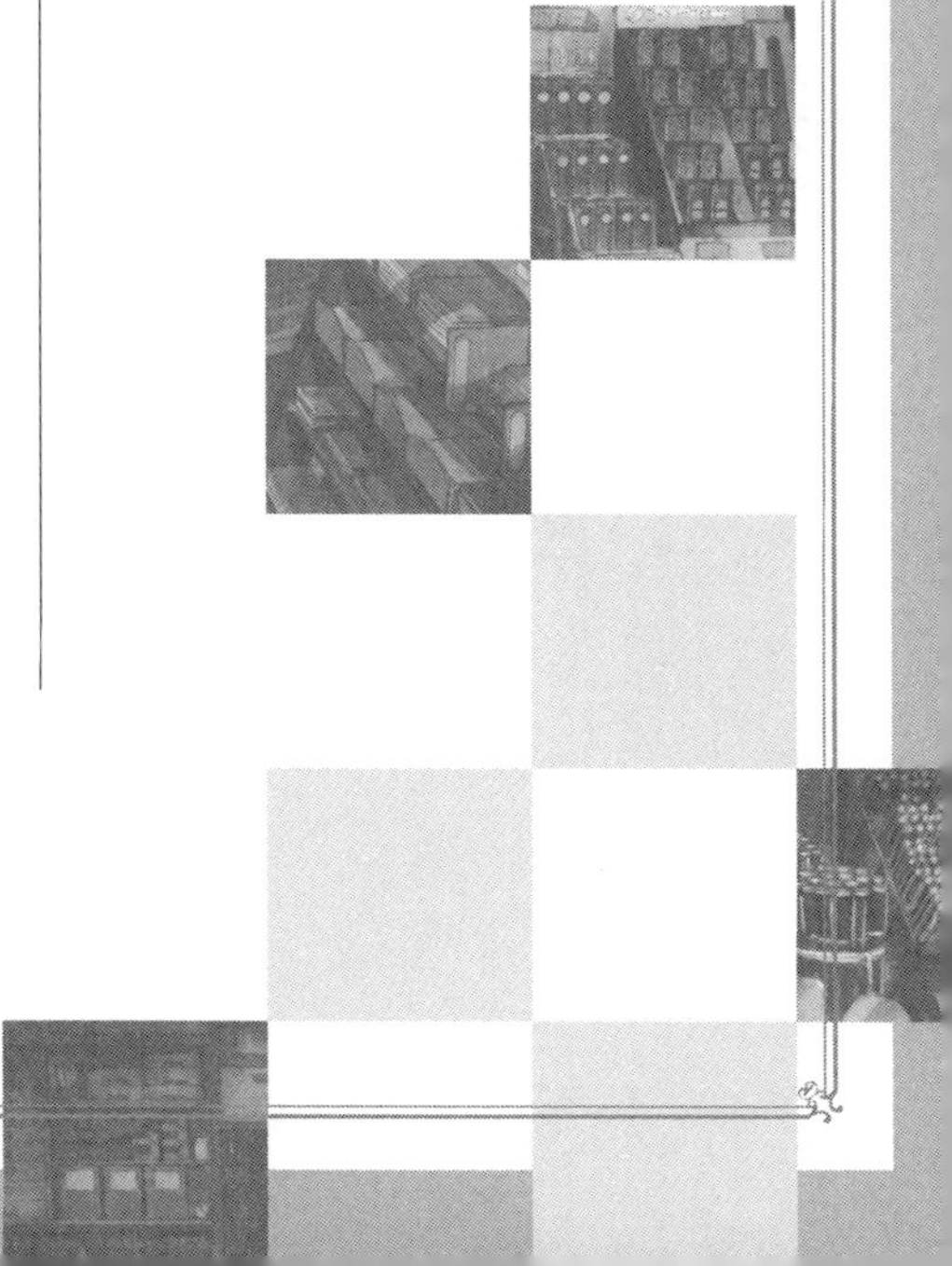

1.

梅雨《つゆ》まっさかりの六月のおわり、璃子《りこ》は交通事故に遭《あ》った。

覚えているのは、耳をつんざくような急ブレーキの音。

信号のない交差点を直進するとき、バイクが急に右折してきて衝突したのだ。

父が行方《ゆくえ》不明のうえに、わたしまでいなくなったら……。

母をひとりきりにしたくない。

そう思ったのが最後だった。


三週間後。

璃子はかぐら文具店の勘定場《かんじょう》にすわっていた。

ひさびさの店番だが、遥人《はるひと》は十時過ぎには大学だし、たゑは囲碁《いご》クラブに出てしまって不在なので、朝からキイ子が店番を手伝ってくれることになっていた。

「まったく、ガキどもは朝からピーチクパーチクとうるせえんだから」

朝、小学生たちの買い物の波が落ち着き、小学校から始業のベルが聞こえてくる時刻になると、キイ子が乱れた売り場の商品をならべなおしながら文句をたれる。

実際は彼らの会話に楽しそうに茶々《ちゃちゃ》を入れていたから、口ほどに思っていないのだろう。

「きっと、もうじき夏休みだからうきうきしてるのよ。キイ子ちゃん、わたしの代わりに何度も早番で出てくれてありがとうね」

交通事故に遭った璃子が入院しているあいだは、キイ子が午前中も店番をしてくれていた。

「いいよべつに。午前中はガキの相手と納品物の受け取りだけで終わる日も多かったし」

璃子はこれまで通りに無地のカットソーに膝丈のスカートというシンプルな格好だったが、キイ子は派手な幾何《きか》学模様のワンピースをお洒落《しゃれ》に着ていた。

キイ子が店番になると、売り場にぱっと花でも咲いたかのように店内が明るくなる。

「でも、璃子ちん、またここで働けるようになってよかったよね。もー交通事故に遭ったってハルから聞いたときは、璃子ちんが車に轢《ひ》かれてぺっちゃんこになっちまったのかと思ってビビったんだよ。もう二度と会えないんじゃないかって」

大げさな言いっぷりだが、実際に身を案じてくれたのだろう。入院中も、遥人と一緒に見舞いに駆けつけてくれた。

「心配かけてごめんね」

不思議なことに、事故で強打したはずの頭部は、精密検査を受けた結果、奇跡的に異状なしと言われ、様子見のために一週間ほど養生《ようじょう》してから退院するだけですんだ。そして医師の指示に従って二週間の休養をとってから、このかぐら文具店に出勤したのだ。

璃子は身近な人に心配をかけて申し訳ない気持ちでいっぱいだった。とりわけ母には、たくさん不安な思いをさせてしまったので心から反省している。

「そういえば、璃子ちん、パパさん取り返せた？」

キイ子が勘定場に戻ってきた。

「パパさん？」

苺《いちご》模様の紙袋の大小を揃《そろ》えていた璃子は、きょとんとした。

「璃子ちんの行方不明のパパさんのことだよ。いま長野にいるんでしょ？」

「えっ？」

璃子は紙袋を整頓《せいとん》する手をとめた。

「ハルからなんも聞いてないの？」

「聞いてない……」

「あちゃーっ、喋《しゃべ》っちゃだめだったのかなコレ」

キイ子が舌をぺろりと出してひとりごちる。

「どういうことなの？」

璃子の胸はにわかにさざめきだした。父が最後に消息を絶ったのは長野ではなく、秩父《ちちぶ》の山だ。

「お父さん、生きてるのね？」

「う、うん」

「生きてるなら、どうして連絡がないの？　それに長野だなんて……」

秩父と長野では距離がありすぎる。秩父の山中で見つかったあと、長野に移動したのかもしれないが。

だがそれなら、いったんは必ず家に帰ってくるはずだ。なぜ連絡のひとつもないのだろう。

「詳しいことはあたしも知らねーよ。あとはハルに聞いてよ」

キイ子は、それきり決まり悪そうに口をつぐんでしまう。

遥人はいま、倉庫部屋で在庫の整理をしている。

璃子は立ちあがると、ただちに倉庫部屋のほうへと向かった。

父の行方不明による曖昧《あいまい》な喪失《そうしつ》感は、遥人が「きっと生きている」と言ってくれて以来、また会えるのだという淡い期待に変わりつつあった。だから、父に関する情報なら、なんだっていいから欲しいと思っていた。

「あっ」

ちょうど遥人が、今朝、店頭で売り切れてしまった折り紙の在庫の箱を持って部屋から出てきたところだった。

「どうした?」

ぶつかりそうになって、遥人も足を止めた。

大学に行かねばならない彼は、今朝は渋味のあるカーキ色のハーフパンツにロゴ入りのシャツというカジュアルな私服姿だった。

「いま、キイ子ちゃんから、お父さんが見つかったって……」

「ぺらっと喋っちまったけど、だめだったのかよ?」

勘定場のほうから顔を出したキイ子が、むっつりとして言う。目はごめんなさいと言っているふうだ。なにか秘密にしておかなければならない事情でもあるのだろうか。

「どうして教えてくれなかったの?」

璃子は遥人をあおいだまま、いくらか責めるように訊いてしまう。

数拍の間があってから、

「……退院したら話そうとは思ってたんだ」

遥人は例のごとく、感情をひそめた顔で答える。

そういえば、見舞いに来てくれたとき、なんとなくなにか言いたげにしていると思った。

「お父さん、ほんとうに生きてるの？」

璃子は信じられない思いで返す。

「どうやらそうらしい。キイ子が俺のスマホにあった璃子さんのお父さんの画像をもって〈黄泉比良坂《よもつひらさか》〉で情報を得てきたんだよ」

「〈黄泉比良坂〉で？」

意外な場所の名があがってぎょっとした。

遥人は以前、なにか手がかりが得られるかもしれないからと、璃子のスマホにあった父の写真データをコピーしていった。

そんな簡単に見つかるはずはないと思っていたのだが――。

キイ子が顔をのぞかせたまま言った。

「ハルのスマホに女の写真でもないかと思ってチェックしてたら、オッサンの写真がでてきたんだよ。で、こいつ誰よ？　って訊いたら、それが璃子ちんの行方不明のパパさんだってハルが言うから、いっちょ探してやろうかなと思って」

キイ子のスマホにもデータを移し、それをもとに彼女があちこち聞いて回ったのだという。父が行方不明ということは、すでに璃子の口からキイ子にも話してあった。

「で、質屋の主が、たまたまきみのお父さんを覚えてたんだよ」

遥人が言った。そこには質屋があるらしい。

「父は〈黄泉比良坂〉にいたということ？」

「おそらくね」

遥人は頷《うなず》く。

「どうしてそんなところに……？」

黄泉《よみ》の国の入り口で、浮世に未練のある人の溜まり場だと聞いたが。

「俺みたいに臨死《りんし》体験したのかも」

「それで、いまは長野にいるんだよね。どうしてお父さんはうちに帰ってこないの？」

璃子は混乱したまま矢継《やつ》ぎ早《ばや》に問いかえす。

「璃子さん、驚かないで聞いてほしいんだけど……」

遥人はややためらっていたが、璃子をきちんと見つめて告げた。

「お父さんには記憶がないんだ」

「記憶がない？」

璃子はぎょっとした。テレビドラマなどでたまに聞く、記憶喪失のことだろうか。

「ほんとになにも憶えていないの……？」

「質屋の主の話が事実なら、なにも憶えていない」

遥人も硬い表情で言う。

「話が嘘だったり、人違いということもありえるの？」

むしろそのほうがいいのではないかと思いながら璃子は問う。

「もちろんありえるけど、名前は一致しているし、主は一度見た顔を簡単に忘れるようなやつじゃないから」

遥人はめずらしく歯切れ悪く言う。父である可能性は高いということだ。

「でも、記憶喪失って……、どうしてなの、お父さん……」

璃子は思いがけない事実に動揺《どうよう》してしまう。

父の身にいったいなにが起きたというのだ。登山の最中に滑落《かつらく》して、その拍子に頭を打ったせいだろうか。

「わたしみたいに、強く打っても平気な場合もあるのに……」

父が生きているということ自体はとても嬉しい。

けれどまさか記憶を失っているだなんて。

せっかく生存が明らかになっても、璃子は手放しで喜ぶことができない。

「わたし、お父さんに会いに行かなきゃ」

ほんとうに父がいたなら、記憶があろうがなかろうが、会って家に連れ戻したい。

「明日はちょうど土曜日で、お客さんも少ないよね」

「ああ」

「なら、お休みをもらってもいい？」

心は決まっていた。父を探し出して、一緒に家に帰ってくるのだ。

「いいよ。俺も一緒に行こうか？」

遥人がまじめな表情のまま申し出てきた。自分のしたことがなにを引き起こすことになるのかを、きちんと心得ているようだった。

「ありがとう、ハル君……」

遥人が一緒なら心強い。

「お父さんは長野のどこにいるの？　住所はわかる？」

「ああ。柏山《かしやま》神社というところで、調べたらこの住所になるんだ。璃子さんのスマホにも転送しとく」

遥人は尻ポケットからスマホをとりだし、住所の入力された画面を示してくれた。

「……ありがとう」

住所はたしかに長野県ではじまり、最後に柏山稲荷《いなり》神社と書き加えられている。

「なんで神社なんだろう」

「それはわからない。質屋の主のもとからそこへ向かったというだけで、ひょっとしたらいまはもういないかもしれないんだ。……だから、このことはまだ、きみのお母さんには話さないでほしい」

「そうね」

たしかに、人違いだったり、そこでも見つからなかったというオチでぬか喜びにならないようまだ黙っていたほうがいい。母も璃子とおなじように落胆《らくたん》し、傷つくはずだからだ。

それにしても、やっと見つかりそうな父に記憶がないなんて――。

記憶を失くしたということは、頭部を強く打ったということだ。だとしたら、重傷を負っていた可能性が高い。

父はいま、どんな状態にあるのだろう。なぜ神社になんて辿《たど》りついたのか。

璃子は棒立ちのまま、父の身を案じてぐるぐると考える。

「混乱させちゃったな」

遥人が、黙り込んでしまった璃子の顔をちらりとのぞいてくる。

「ううん……、わたしのために、ありがとう。キイ子ちゃんにも怒らないであげてね」

璃子は小声で言いそえた。

2.

父のいるらしい長野へは、ＪＲとバスを乗り継いで三時間半ほどかかった。

梅雨《つゆ》に入ってしとしとと雨の降る日が多かったが、七月に入ってからは雨間《あまあい》の多い空が続いている。七夕《たなばた》を迎えて梅雨があければ、季節は本格的な夏を迎える。

車窓の景色が、ビルの立ちならぶ都会から緑豊かな田舎《いなか》に変わってゆくのを、璃子は居眠りしている遥人のとなりでぼんやりと眺めていた。

青々とした稲田や、雑木林が視界を流れてゆく。

はじめのうちは遥人と世間話をしていたが、いつのまにか彼は寝入ってしまっていた。

ゆうべは大学のゼミの仲間と飲み会だったとかで、帰りが遅かったらしい。

自分のせいで休日、ゆっくりする時間を奪ってしまって申し訳ない気持ちだ。ただでさえ、店番と大学の往復で忙しい人なのに。

曇りがちだった空に切れ目ができて、太陽が顔をのぞかせた。

するとたちまちあたりが明るくなって、けぶった空気が徐々にきれいに澄んでゆくような錯覚《さっかく》を抱いた。

梅雨はいつ明けるだろう。

きれいな空模様に見惚《みと》れているうちに、ふと、遥人が璃子のほうにもたれかかってきた。

璃子はどきりとした。思わずとなりを見たが、遥人はあいかわらず眠っている。

こういうときってどうしたらいいの？

押し返して目を覚まされたら感じが悪いし、かといって、恋人同士でもないのにこのままでいるのも気がひける。

遥人を意識しはじめると、身じろぎひとつも、息すらもまともにできなくて璃子は困った。

考えてみたら、男の人とこんなにもくっついているなんてめずらしい。というか、はじめてのことだった。肩にかかる遥人の重みに緊張してしまって、心拍が彼に聞こえやしないかとはらはらするほどだ。

けれど、こんなにそばにいても、遥人の存在はどこか遠くて、よくわからないままだった。あの店にいて、とりわけもののけの話をするときなどは、いまだに浮世離れした不思議な印象を抱かせられるし、仕事がら、気さくで人懐《ひとなつ》っこい人かと思えば、そうでもなくて、自分の肝心《かんじん》なところはほとんど話さない。

　他人の璃子には、なぜか優しくしてくれるのに――。

　それからふと、もたれかかっている遥人の体が冷たいことに気づいた。

「え？」

　こんなにもしっかりとくっついているのに冷たいなんて妙だ。ふつう、こういうときに感じるのはぬくもりなのではないか？

　息はある。

　脳裡《のうり》をよぎるのは、キイ子が言っていた言葉だった。

　――人間でないのなら、体温が低いんじゃね？

　以前、遥人はただの人間なのか、それとも死んだたゑの息子・葉介《ようすけ》の黄泉返《よみがえ》りなのかが気になってキイ子にたずねてみたところ、彼女はそう答えたのだ。もののけは、総じて個体の温度が低いらしい。

　たしかに、猫又《ねこまた》であるというキイ子にふれてみても、体温が異様に低かった。奇妙なことに、ひと肌のぬくもりというものが感じられなかったのだ。

　だから、もし遥人の肌が冷たかったら、彼はただの人間ではないのかも――。

　ちょっとさわってみればすむことなので、実はこれまでに、なにか物を渡すついでにこうっかりを装ってさわろうと試みたのだが、意外とうまくいかなかった。

恋人同士でもない相手の肌にじかにふれる機会など、そうそうあるものでもない。しまいには、ぎこちない動きに気づかれて、さわりたいの？　とつっこまれる始末だった。

しかし、今回はチャンスだ。

遥人は目を覚ましそうにない。

璃子は、今日こそこの、どこかつかみどころのない男の正体を明らかにしてみたいという衝動にかられた。

さりげなく彼のほうに手を伸ばし、腿《もも》のあたりにある彼の指先にそっとふれてみた。

冷たい。まるで雪の日に長時間、外にいたかのように。

けれど、頭上に目をやれば、真夏でもないのに空調がフル稼働《かどう》で、車内は無駄に冷えている。

璃子はぶるりと身をふるわせた。自分の体だって冷えきって、手先は遥人とおなじように氷みたいに冷たくなっている。

ということは――。

遥人も、単に冷えているだけなのだろう。

璃子が自分にそう言い聞かせた、そのとき。

遥人がいきなり目を覚ました。手をさわったので起こしてしまったようだ。

璃子ははっとして、彼にふれていた手をあわててひっこめた。

同時に彼がもたれかかっていた璃子の肩も軽くなった。

「ごめん、寝てた。……どうかした？」

眠そうに目をこすりながら遥人が訊いてくる。さわったことに気づかれた。

「あ、えっと……、ハル君の平熱ってどれくらいかなと思って」

我ながら苦しい言い訳をしてしまった。

「平熱？」

「うん」

「……さあ。測ったことないなあ」

遥人は首をひねった。

「え？　予防接種のときとか、測らなかったの？」

「いつもてきとうに書いてたね。たいてい健康体だったから」

「そんないい加減な」

「なんで、そんなの知りたいの？」

遥人はくつろいだ口調のまま質問で返してくる。たしかに疑問ではある。

「え、ええと、ふつうって、みんなどのくらいなのかなと思って……」

目をそらした璃子は、ぎこちなく返す。

ひょっとしてハル君は、葉介さんの黄泉返りなの？

そう訊けばすむ話なのだが、なんとなくできないでいる。

ふれてはならない部分が彼にあるのだとしたら、そこのような気がするからだ。

黄泉返り説自体が、たゑの単なる勘違いなのかもしれないけれど――。

3.

正午すぎに東京を出たふたりが目的地である長野の柏山に辿《たど》りついたのは、昼の三時半をまわるころのことだった。

「この神社かな」

璃子は、丹塗《にぬ》りの大きな鳥居をあおいだ。

「ああ。そうだね」

遥人も鳥居を見上げながら頷《うなず》いた。

鳥居の額束《がくづか》にはたしかに柏山稲荷神社という文字が彫られていた。貫《ぬき》までの高さが三メートル近くあって、璃子の太腿ほどもある太いしめ縄が巻かれている。

神社の名が染め抜かれた赤い旗が何本もはためき、本殿まで伸びた石畳《いしだたみ》の通路の脇《わき》には玉砂利《たまじゃり》が敷き詰められていた。想像よりもずっと広い稲荷神社だ。

ほんとうにここにいる「水瀬隆史《みなせたかし》」が璃子の父本人なのだろうか。記憶を失っているというその人が。

璃子は手下げ鞄《かばん》の中にしまってある万年筆をたしかめた。これを見たら記憶が戻るかもしれないと思って持ってきたのだ。

璃子としては、たとえ記憶がなくとも父を家に連れ戻し、また一緒に暮らすつもりだった。

「行こう」

ふたりは鳥居をくぐって神社の境内《けいだい》に入った。

ここに父がいる。再会はすぐそこに迫っている。

そう考えると、胸がどきどきしてくる。

敷地内には、正面の本殿のほかに、社務所《しゃむしょ》とお堂らしき建物があった。

お堂は間口が三間ほどで、出入り口は開け放たれていた。

中でなにか行われているようで、たくさんの靴《くつ》が脱いでならべてある。

「なにをやっているのかしら?」

　璃子はそちらを眺めながらつぶやいた。

「行ってみようか」

　遥人はお堂のほうに歩きだした。

　お堂の出入り口のそばに七夕《たなばた》の笹が飾られている。そういえば、もうそんな時期だ。少し前、かぐら文具店でも短冊《たんざく》や紙でんぐりや、こよりなどを仕入れた。

　三段ほどの石段を登った出入り口にならんでいるのは子供用の靴ばかりだった。

「子供が集まっているみたいね」

　璃子は中の人々から見られないように出入り口の戸の右手に隠れ、そっと中のようすをうかがってみた。

　ぼそぼそと小さな話し声が聞こえてくると思っていたら、四列ほど設けられた横長の机に子供たちがならんで座り、習字をならっていた。

　濃紺《のうこん》の作務衣《さむえ》を着た中年の男性がひとりいて、子供たちの習字を見回っている。

　璃子は思わず声をあげそうになった。

　その男性こそが、璃子の父・隆史だったからだ。

「お父さん……」

璃子は口の中で小さくつぶやいた。

親しみと懐かしさが一気にこみあげた。

父はなにも変わっていなかった。鬢《びん》にわずかに白髪のまじりはじめた短い髪も、おだやかそうなまなざしも、いなくなった朝、そのままだ。

「習字を教えてるのか」

「そうみたい……」

璃子の父は、硬筆だけでなく毛筆も上手《うま》い人だった。冬休みの課題である書き初《ぞ》めが上手く書けないときは、父に手伝ってもらった。字の知識も豊富で、書道師範になれといわれれば、できそうな人だ。字を書く記憶は残っているのだろうか。

気配に気づいたらしく、ふと父が顔をあげてこちらを見た。

いきなり目があって、璃子の鼓動は大きく撥《は》ねた。

実に一年と三カ月ぶりの再会だった。

娘である璃子を見れば、なにか特別な反応を見せるかもしれない。そう期待していたのだが――。

しかし父は、教え子の兄妹が迎えにでも来たのかという顔をして、その場で軽くほほえんで会釈《えしやく》をしただけだったのだ。それきり、教え子の手元に視線を戻してしまう。

「お父さん……」

璃子は父の反応に茫然《ぼうぜん》となった。久々に会った娘への態度がこんなにもそっけないなんて。

習字を教えている最中だから？

いや、まるで知らない相手に対するよそ行きの挨拶《あいさつ》だった。

こんな反応をするなんて、娘と認識されていない証拠だ。やはり父には記憶がないのだ。

遥人も苦い表情で父のほうを見ている。

わたしがだれかわからないの、お父さん？

璃子は父のそばに駆けよってそう問いただしたくなった。

けれど実際は、声すらもかけられないまま、信じられない思いでただ父を見つめることしかできない。

そのとき、

「こんにちは」

真後ろから、澄んだ女性の声がかかった。

遥人とともにふり返ると、いつのまにか、お堂の前の石段を降りたところに女性がひとり立っていた。

「見学ですか？」

女性はにこやかにたずねてきた。

三十路《みそじ》をいくつかすぎたくらいで、髪をきちんとひとつにまとめ、白の単衣《ひとえぎぬ》に無紋浅葱《むもんあさぎ》の袴《はかま》を穿《は》いていた。神主《かんぬし》の装束《しょうぞく》だ。

とりたてて美人というわけでもないが、抜けるように白い肌が目をひいた。奥二重《おくぶたえ》の細い目は一見鋭いが、笑みをたたえたような形をしていて、きつくも優しくも見える顔立ちだった。

「あ、ええと……」

璃子がとっさになんと答えてよいのか思いつかなくて言葉を探していると、遥人が代わりに答えた。

「こんにちは。水瀬隆史さんがこちらにいると聞いてやってきました。こちらは娘の璃子さん、僕は友人の神楽《かぐら》といいます」

遥人は璃子の友人らしい。あるいは便宜《べんぎ》上、そう言っただけなのかもしれないが。

紹介された璃子は、あわてて頭を下げた。

父の名を聞いて、女は一瞬、驚いたような顔になったが、

「まあ、隆史さんのご家族の方なのね。はじめまして。私はここの神主をしている有村塔《ありむらとう》

子《こ》と申します」

彼女――塔子はにこやかに言った。

「はじめまして、水瀬璃子です」

塔子が父を隆史さんと呼んだことがひっかかって、硬い声になってしまった。

この神主と父はどういう関係なのだろう。なぜ父は神社《ここ》に？

璃子が疑惑を深めていると、塔子は言った。

「璃子さん、ごめんなさいね。隆史さんはいま、書道を教えている最中だから、終わるまでしばらく待っていただいてよろしいですか……？」

「はい。かまいません。待ちます」

不安と緊張をよそに、璃子はきっぱりと言った。父を迎えに来たのだから当然だった。

「おふたりは、どうしてここがわかったの？」

塔子は、不思議そうに首を傾《かし》げる。

もののけのおかげだ。が、それでいいのだろうか。

どう答えるべきかと璃子が助けを求めて遥人のほうを見ると、

「占い師みたいな人に占ってもらい、なんとか辿《たど》りつきました」

彼は実にてきとうに流した。

「そうだったの、占いで……」

塔子は納得したような、しないような曖昧《あいまい》な返事をした。

「でも、身内の方に来ていただいてよかったわ。隆史さんはうちでお世話させていただいていて、実はいま、記憶がないんです」

塔子は深刻な顔になって告げた。

「……はい、もしかしてそうなんじゃないかって思いました」

わかってはいたが、あらためて現実を突きつけられ、璃子は落胆《らくたん》を隠しきれなかった。

父はほんとうに、璃子のことすらも覚えていないのだ。

「となりにあるのが私の自宅です」

塔子は神社の東側にある大きな日本家屋を手で示して言った。

「私はもともとひとり暮らしで、いまは隆史さんもそこに……」

璃子は耳を疑った。

父がこの人とふたりだけであそこに？

つまり、同居しているということだ。

居候《いそうろう》して世話になっているのなら、家族としては礼を言わねばならない。それに、塔子の口ぶりからは決してやましい雰囲気《ふんいき》は感じられなかったのだが、璃子は動揺《どうよう》して言葉がでてこなかった。

　すると遥人が、お堂の中で働いている父を一瞥《いちべつ》してから問う。

「隆史さんは記憶がないのに、名前は憶えていたんですか？」

　そういえば名だけは正しく呼ばれている。

「いいえ。ズボンのポケットに入っていた方位磁石《じしやく》の裏に、下の名前が書かれていたから、それでわかっただけなの。ほかの手荷物は滑落《かつらく》したときに行方《ゆくえ》がわからなくなっていて……」

「滑落？」

　やはり山で事故が起きたようだ。

「あ、驚かせてしまってごめんなさい。まず、隆史さんになにが起きたのかをお話ししないとね」

　塔子はみずからに言い聞かせるように言うと、お堂の出入り口から見えないところに移動して、聞きたいことだらけで頭がいっぱいになっている璃子たちに語りはじめた。

「隆史さんはね、登山中にあやまって足を滑らせて谷間に落ちてしまったみたいで、この柏山の麓《ふもと》に倒れていたんです。去年の四月末のことよ。それをたまたま、榊《さかき》を取りに行った私が見つけて救急車を呼んだの」

「この柏山に？　……でも、父が登ったのは秩父の山のはずです。四月二日のことです」

登山計画書を提出してあったし、入山した記録も残っていたのだ。

おまけに行方不明になってから、発見されるまでにひと月近くも経っている。

「予定を変更したのではないかしら？　ごめんなさい。なにせ当時の記憶がないから、隆史さんにも私にも事情はわからないの」

塔子も首を傾げている。

父は行方不明になってから見つかるまでのあいだ、いつ〈黄泉比良坂〉に行き、そして、またこっちの世界に戻ってきたのだろう――？

「それで、病院で手当てを受けて一命をとりとめたのだけど、記憶障害が残ってしまってね。日常生活のためのあれこれは覚えているものの、過去の出来事や人間関係に関する記憶がすっかりと抜け落ちている状態なんです」

そうだろう。無事に生きているのなら、あの父がこんなにも長いあいだ、消息を絶っているわけがない。すべて失くしてしまったから便りがなかった。生きていても会えなかったのだ。

璃子はまだその事実は受け入れきれなくて、言葉が出てこない。

「警察に届けるようなことはしなかったんですか？」

遥人がさりげなく問う。

当時、塔子が警察に連絡していれば、捜索願の出されている父は、おそらくすぐに水瀬家に戻ることになっただろう。

すると塔子は、実にばつがわるそうに顔をうつむけた。

「ええ……、退院するころにはちゃんと届け出るつもりでいたの。でも隆史さんが、きちんと体が回復してからにしてほしいとおっしゃったから、私が身元引受人になって引き取らせていただいたんです。ちょうど去年のいま頃のことね」

となると、父は二カ月近くも入院していたことになる。重傷だったようだ。

なぜ父は、すぐに警察に行きたがらなかったのだろう。自分の素性《すじよう》を知りたくはならなかったのだろうか。

「だれかに昔、字を教えていたような記憶があるとおっしゃっていたから、書道の師範でもしていたのかと思って毛筆で字を書いてみてもらったの。そうしたらとてもお上手《じょうず》で……。もしやお父さんは、書道を教えていた経験が？」

「いいえ」

璃子はかぶりをふった。璃子にしか教えていないはずだ。そのときのことだけは、覚えていてくれたのだろうか。

「そうなのね。でも、うちはちょうどここで週に三回、書道教室をひらいているから、お父さんが手伝いをしてくださることになって……」

いまはその最中だったというわけだ。

勝手に働かせたりしてごめんなさい、と塔子は申し訳なさそうに詫《わ》びる。

「はやく警察に届けなくてはと思っていたのだけど、隆史さんもそれほど自分の身の上を知りたがるふうでもなかったから、つい甘えてしまって……」

書道の教室のみんなには好かれているし、神社の仕事も快《こころよ》く手伝ってくれて、とても助かっていたので、そのままずるずるとここで暮らすことになってしまったのだと塔子は言う。

彼女はお堂の出入り口のほうを見て続けた。

「でも、ご家族の方が迎えにきてくださったのだから、すぐにでも帰っていただかなくちゃ。勝手なことをしてて、ほんとうにごめんなさい」

塔子は恐縮して何度も頭を下げる。

「いえ、こちらこそ。助けていただいてありがとうございます……」

璃子は、ぎこちなく礼を言う。

感謝の気持ちは生まれたものの、なにか胸がもやもやとしていた。塔子はどういう思いで父の世話を続けてきたのだろう。彼女の口から語られる父のことが、ずいぶんと遠く感じられてしまう。

そのとき、お堂の中から子供たちの声がして、ざわつきはじめた。

「あ、すみません。すぐに教室が終わるので、もう少しだけここでお待ちいただけますか？」

塔子が、遥人と璃子を交互に見て断りを入れる。

「はい」

璃子が頷《うなず》くと、塔子は礼を言ってお堂の中へ入っていった。

塔子がお堂の戸を閉めてしまうと、境内《けいだい》は若葉の梢《こずえ》が揺れるだけの閑散《かんさん》とした雰囲気《ふんいき》に戻った。

璃子は本殿のほうを眺めながら、短く嘆息《たんそく》した。

「お父さん……、どうして警察に行かないで、ずっとここにいたんだろう」

そこが一番、気になった。

進んで自分の素性を知りたがるようなふうでもなかったと塔子は言っていたけれど。

「まあ、記憶がないってかなり怖い状態だからね。出会う人みんなが初対面で、だれを信じていいのかわからない。そのうえ自分自身だって、何者かわからないんだ。もしかして借金取りから逃げている最中かもしれないし、大罪を犯して逃走中の身かもしれない……。お父さんは、そういう経緯を知るのが不安だったんじゃないかな」

「なるほど。そうなのかも……」

記憶喪失《そうしつ》の経験のない璃子にはちょっと想像がつかないが、目覚めたとき父は、自分の過去も、名前も、顔すらもわからなかったのだ。きっと淋しさと不安と心細さでいっぱいだったのに違いない。

そして、そんな状態で優しく手を差し伸べてくれる人があらわれたとしたら、その人を頼り、知らずにいてもいいことからは、そのまま目を背けてしまうのかもしれない。

人は、記憶を失ってもおなじ人間でいられるのだろうか。

もし明日、突然自分の過去がすべて消えてしまったら？

考えて、璃子は身震いしそうになった。

いまの自分は、過去の記憶と経験から成り立っているようなものなのに、それが真っ白になったら、自我すらも危うくなってしまう気がする。

身近に面倒を見てくれる女性にうっかり惹《ひ》かれてしまうことだって、もしかしたらありえるのかも――。

「『宇宙飛行士になりたい』」

遥人がだしぬけに言った。なにごとかと思ったら、七夕《たなばた》の笹飾りの短冊《たんざく》に書いてあるだれかの願い事を読みあげたのだった。

「もうじき七夕だね」

璃子も、その笹飾りのほうに歩みよった。

青々とした笹に混じって、五色の短冊に込められた人々の願いが夕方の風にゆれている。

「こっちは『願い事がぜんぶ叶いますように』だって。欲張りな人ね」

璃子の手前の短冊を見て笑った。

「せっかくだから、俺もお願いしとくかな」

遥人が笹飾りのもとに支度《したく》されていたペンと、赤い短冊を手にした。

「わたしも」

璃子もつられて、なんとなく青色の短冊を選んだ。

この日の願い事は、父のことに決まっていた。

はやくお父さんの記憶が戻りますように

璃子は丁寧《ていねい》な字でそう書いた。いま願い事があるのだとしたら、それしかなかった。

璃子は短冊を少しはなして見てみた。行に乱れはなく、文字の大きさも均一で、我ながら上手く書けた。

遥人はすでに、短冊を枝に結びつけていた。

「ハル君はなにをお願いしたの？」

「見る？」

遥人は裏返っていた短冊を表に向けて見せた。

男らしい大きな字で『商売繁盛《はんじょう》』とだけ書かれている。

「シンプルだね」

「ここは稲荷神社だからね。璃子さんのもつけてあげるよ」

遥人が手を差し出した。

「ありがとう」

お父さん、どうか記憶を取り戻して。

璃子は心の中でそう祈りながら、遥人が笹の枝につけるのを見守った。

璃子の短冊は、背丈のある遥人の手によって少し高いところに結ばれた。たくさんの願い事の中に、璃子の願いも連なった。

4.

書道教室が終わったようで、塔子は璃子たちのもとに戻ってくると、境内《けいだい》のとなりにある彼女の自宅のほうへと案内してくれた。

有村家の屋敷は古民家風の木造建築だった。黒々としたむき出しの太い梁《はり》や、整然とした障子戸《しょうじど》など古く趣《おもむき》のあるところは、かぐら文具店を思わせた。

こういう家にはもののけが棲《す》みつきやすいようで、玄関からいきなり布きれのようなものがしゅるしゅると出て行ったり、廊下《ろうか》の隅に拳《こぶし》くらいの人型のなにかが集まって話し込んでいたりした。

璃子はあいかわらずそれらが現実のものとは思えなくて、何度も目をこすり、しばたたかねばならなかった。

「なんかいっぱいいるね……」

靴《くつ》を脱ぐと、とたんに靴のまわりに茸《きのこ》のようなものがわっと生えて取り囲まれてしまい、ついに璃子はこらえきれずに小声で遥人に囁《ささや》いた。

「目のあるやつとは視線を合わせないほうがいいよ。面倒が起きるといけないから」

遥人は少し苦笑しながら言う。

璃子も、極力それらを見ないようにしてやり過ごした。

ふたりは、精緻《せいち》な紋様のペルシャ絨毯《じゅうたん》の敷かれた居間に案内された。

「どうぞ、すわってください」

塔子はソファにかけるようすすめてくれた。

彼女がお茶を用意して部屋に戻るころ、父もやってきた。

父は、書道教室から出てきたそのままの作務衣《さむえ》姿だった。見慣れない装いのせいか、それまで以上に父を遠く感じた。

父は塔子のとなりに腰を下ろした。

ならんだふたりを前にするのは、なんとなくいやだった。年のはなれた夫婦に見えないこともない。

「娘の璃子さんと、そのお友達の神楽君よ」

遥人は軽く会釈《えしゃく》したが、璃子はただただ父を見つめることしかできない。

「きみが私の娘なのだね……」

父は、そうする権利があると心得た上で、じっと璃子を見つめ返してきた。そして、

「私はどこの生まれで、なんの仕事に就《つ》いていたんですか?」

過去が気になるらしく、璃子にたずねてきた。

璃子は、家の場所や父の年齢、仕事、それに趣味についてなどを、知っている範囲でかんたんに話して聞かせた。

父につられてか、敬語で話した。知らない女の人のとなりに座っている父を、気安くお父さんと呼ぶことができなかった。

父は、璃子が話した事柄はなにひとつ覚えていなかった。

「ほんとうに、忘れてしまったの……?」

思わず、以前のような口調でつぶやいてしまう。

「すまない。どうしても思い出せないんです」

父は申し訳なさそうに頭《こうべ》をたれた。敬語なのがいかにもよそよそしくて、璃子は父と自分の前には、決して埋めることのできない溝《みぞ》があるのを感じてしまう。

父が暗い声なので、代わりに塔子がおだやかに言った。

「お医者様は、なにかの拍子に一気に思い出したりすることもあるから、心配しすぎないでと仰《おつしや》っていました」

「…………」

それきり、互いに黙り込んでしまい、沈黙が落ちる。

父と再会できたら、話したいことがほかにも山のようにあったはずなのに。

「あ、そうだ、これ……」

璃子は手荷物の中から万年筆を取り出した。

「これを見て。お父さんが使っていた万年筆。お母さんが書斎を掃除《そうじ》していて見つけたの。インクをきちんと入れなおして、いまはわたしが使ってるのよ」

父がこれを見れば、何年か前にひそかに庭にしかけたメッセージとともに思い出すかもしれない。そう期待して見せた。

「いい万年筆だね」

父はそのキャメロン社の黒い万年筆を手にし、じっくりと眺める。

「素敵だわ。なにか思い出しませんか?」

塔子が横から優しく問いかける。

「うむ……」

父は顎先《あごさき》を撫《な》でながら、考え込むように口をつぐむ。

璃子は、万年筆を自分に譲《ゆず》ってくれてありがとうと礼を言うつもりだったが、喉元《のどもと》まであがってきたその言葉を実際に口にすることはできなかった。

父が、愛用していたその万年筆に対しても特別な反応を示さなかったからだ。

「あ、無理に思い出さなくていいから……」

父の申し訳なさそうな顔を見るのがつらくて、璃子は腰を浮かせて万年筆を返してくれるよう手を差し出した。

「すまないね」

父は肩を落とし、万年筆を返してくれた。

璃子は内心、途方に暮れていた。ほんとうに、なにもかも忘れてしまったのだ。この状態からふたたび家族に戻れる日など来るのだろうか。

「家に帰ればきっと、なにか思い出しますわ」

塔子が励《はげ》ますように言った。しかし、

「うむ……」

父はテーブルに置かれたお茶に目を落とし、どちらかというと沈んだ表情で頷《うなず》く。

帰りたいという願望からというより、義務感から頷いたように見えた。

璃子の胸はしんと冷えて、それきりなにも言いだせなくなる。

「とりあえず、家族と過ごすのが一番の治療になるんじゃないかと思います」

璃子に代わって遥人が言った。

「そうだね……」

父はふたたび膝の上に視線を戻し、申し訳なさそうに頷いた。

璃子は、父に会ったら、あたりまえのように一緒に家に帰り、これまでどおりに暮らせるのだと考えていた。けれどいまはそれが、とても困難なことに思える。

父はなにをためらうのだろう。記憶喪失《そうしつ》であること以外にもなにか抵抗を感じているようだ。

外見だけなら、かつての父となにも変わらない。それが璃子を、いっそうもどかしくさせるのだった。

5.

その日、璃子と遥人は、塔子にすすめられて彼女の家に泊まることになった。

終電には十分に間に合う時刻だったし、璃子はすぐにでも父を連れて家に帰りたかったので遠慮《えんりょ》したが、父が身のまわりの荷物の整理などがあるために急には発《た》てないと言うので、応じることにしたのだ。

五時半過ぎになって塔子が夕飯の食材を買い出しに行くあいだ、璃子と遥人は本殿にお参りをすることにした。神社に来たというのに、まだ参拝を済ませていない。

夕暮れどきの境内《けいだい》は、ひと気もなくて、昼間よりさらに静まり返っている。ときおり小鳥やカラスの鳴き声が聞こえてくるだけだ。

「ごめんね、泊まりまでつきあってもらっちゃって」

璃子は、夕陽に染まって橙《だいだい》色になりはじめた玉砂利《たまじゃり》を踏みしめながら詫《わ》びる。

「いいよ。なんかほっとけない感じだし」

遥人はいつものように、気負いのない口調で言った。

「お店はどうするの?」

「日曜で暇だろうから、キイ子に頼むことにした。璃子さんとこは、お母さんはなんて? 外泊はOKなの?」

「うん」

さきほど母に電話をして、ことの顚末《てんまつ》を話したばかりだった。

実は、父に会いに長野に来ていること。

父は山で事故に遭《あ》って、ある神主に助けられたこと。

父は記憶を失っており、これまでは父の意思で、世話になっている人のもとに留まっていたこと。そして、今夜はそこに泊まらせてもらうこと、など。

「お母さん、いまから行くって、こっちに飛んできそうな勢いで言うから、記憶喪失のお父さんが混乱するから明日まで待っててって、うまく説得しといた。明日の朝には連れて帰るからって」

「うん、それがいいな」

バイト先の遥人と一緒だということは、黙っておいた。母を無駄に驚かせたくなかったし、遥人との、実はなんでもない仲を勘繰《かんぐ》られるのも嫌だったからだ。

遥人はそのあたりには、とくにこだわりないようで、なにも訊いてこなかった。

本殿は柱も梁《はり》も太く、古めかしい建築物特有の重厚感があった。

殿内をのぞくと、御神体の両側には対《つい》の狐《きつね》が座っている。

ふたりはお賽銭《さいせん》を投げ入れて、手を合わせた。

璃子は目を閉じて、七夕《たなばた》の短冊《たんざく》とおなじように、「はやくお父さんの記憶が戻りますように」とお願いをした。いままでのように、具体的な希望が抱けない状態ではないのだから、状況はかなりよくなったと思わねばならない。

遥人はなにをお願いしたのだろう。少し気になったが、璃子が目をあけると、彼はすでにこちらを見て待っていた。

有村家に戻ろうとしていると、門のほうからザッザッと箒《ほうき》でコンクリートを掃《は》く音が聞こえてきた。

　璃子はそちらをふり返った。

　見ると、濃紺《のうこん》の作務衣《さむえ》の男がひとりで掃除をしていた。

「お父さんだわ」

　鳥居の外を掃き清めていたようだった。本殿には背をむけているので、璃子には気づいていない。

「話してみる？」

「うん」

　璃子は遥人とふたりで父に向かって歩きはじめた。

　どんな顔をするのかと、胸がどきどきしていた。

　父は書道教室を手伝っていたときとおなじように、掃除にもまじめに取り組んでいた。

　ここでの生活にすっかりとなじんでいるようすだ。

　いまの父にはここの生活のほうがあっていて、ほんとうは水瀬家には帰りたくないのかもしれない。――璃子は、唐突《とうとつ》にそんな不安に駆られた。

　それでも彼は璃子の父親であり、家族なのだ。家に帰ってきてもらわねば困る。

　ふいに、いま呼ばなければ、父は一生、自分と母のもとに戻らないような気がした。

「お父さん！」

気づくと、璃子は大声で父を呼んでいた。

声に気づいた父は、箒を持つ手を止めて璃子のいる本殿のほうをふり返った。

璃子たちの姿をみとめると、一瞬、驚いたように目をみひらいた。次いで、

「ああ、どうも」

知りあったばかりの他人にするような、適度な愛想笑いを浮かべた顔で挨拶《あいさつ》が返ってきた。

そのおかげで、記憶は失われたままなのだとわかった。

父は娘に「ああ、どうも」などと他人行儀の挨拶をする人ではない。もの静かな人ではあったが、いつもそれなりに親しみをこめて話しかけてくれた。

璃子は父に近づきながら、表情に落胆《らくたん》の色が出ないよう、必死にほほえみを作らねばならなかった。

「紫陽花《あじさい》の季節ももう終わりですね」

掃き集められたごみの中に、枯れた紫陽花の欠片《かけら》を見つけて遥人が言う。

「今年はよく咲いてきれいだったよ」

父は箒を片手にしみじみと言う。

そんな景色を、璃子は知らない。

見れば、境内の西側の隅に植えられている紫陽花は、盛りを終えてところどころ色褪《いろあ》せたり、枯れたりしている。夕暮れどきとかさなって、なんともうら寂しい眺めだった。

「荷物の整理はもう終わったの？」

璃子は気をとりなおし、できるだけ昔のように話しかけてみた。他人行儀でいては、父の記憶は一生、戻らない。

「いや、まだ途中なんだが、日課だったのでついね」

「いつもここを掃除していたの？」

口調は親しげにしてみたものの、相手が父とは思えないほどに緊張していた。

「そうなんです。朝と晩に一回ずつね」

父は淡い笑みを浮かべて答えてくれた。目元に笑い皺《しわ》が寄るのを見て、璃子は胸が苦しくなるような懐《なつ》かしさを覚えた。

「……お父さん、わたしだよ、璃子だよ」

つい、子供のように父を見上げ、口にしていた。いまは塔子がいないから、なにか特別に応えてくれるかもしれない。

けれど、父の反応は思わしくなかった。

「すまないね。早く思い出したいんだが……」

苦しげな声で返ってきたのは、謝罪だけだった。

娘の声に応えられない自分に負い目を感じているのがありありとわかった。

璃子はそれでもかまわないと思った。

「お父さん、明日は家に帰るんだよ。お母さんも待ってるんだから」

父とのあいだの溝《みぞ》は無視し、璃子は勢いにまかせて言った。

「うむ。そうだね……」

父は璃子にあわせて頷《うなず》いてくれた。

しかし、面《おもて》にあるのは困惑したつらそうな笑みだった。璃子にはまた、父が義務感から頷いただけのように見えた。

さきほどの会話でも感じたが、父はやはり、水瀬家に戻ることを望んではいないのだ。

「お父さん、うちに帰りたくないの？」

璃子はつい、責めるような口調で訊いてしまった。

否定してほしい一心だった。

ところが父は、璃子と同様に、途方に暮れた溜め息をついた。

「有村君のことが気になるんだ……」

有村君──璃子は、父が塔子のことを名前で呼んでいないことに少しほっとした。

「彼女は事故で夫と子供を亡くしていて、いまは独り身なんだよ」

「御主人、亡くなられたのですか？」

遥人が意外そうに問う。璃子も驚いた。

そういえば、塔子の左手の薬指には結婚指輪が嵌《は》められていただろうか。てっきり独身だと思い込み、気にも留めなかった。

「うむ。三年前にね。子供も一人、茉奈《まな》ちゃんという、四つになる女の子がいたんだ。……しかし、夫も茉奈ちゃんも三年前の交通事故で亡くなってしまったんだよ」

遊びに出掛けた際に、三人で乗っていた車が衝突事故を起こし、運よく塔子だけが助かった。その後はずっとひとりでこの神社を守ってきたのだという。

「彼女はまだ、哀しみを乗り越えられていないようなんだ。とくに茉奈ちゃんの死を悼《いた》んで、いまだにその子の部屋を片付けられないでいる。誕生日にはケーキを買ってくるし、その子の描いた他愛《たわい》無い落書きの絵なんかを毎日のように眺めているんだよ」

母親としては、子を失うのは言葉に尽くせないほどつらいことだろう。

「私は有村君にずいぶんと迷惑をかけた。いまでこそこうしてふつうにしているが、退院したころはろくに歩くこともできなかったんだ。それを彼女が根気よくリハビリにつきあい、励《はげ》ましてくれた。どこのだれかもわからない私にだよ。私はそれが心苦しくて仕方がなかった。自分の素性《すじょう》がわかるのが怖かったくらいなんだ、ろくでもない男だったら彼女に申し訳ないからね」

遥人の言ったとおりだった。父は、自分の素性を知るのが怖かったのだ。

「だが、どうやら私が亡くなったご主人に雰囲気《ふんいき》が似ているらしくてね。彼女は夫が帰ってきたような気がして嬉しい、このままなにも思い出せなくてもいいと言ってくれたんだ。私は自分が彼女の厚意に甘える理由を見出《みいだ》すことができて、その点には大いに感謝した」

その後、彼女への恩返しも兼ねて、夏の終わりごろから書道教室を手伝いはじめ、今日に至るのだという。

そこに璃子たちがあらわれ、自分が水瀬隆史という人物であり、どうやら妻子のある身だということを知らしめた。

「私は家に帰るべきだと、頭では理解しているんだ。だが、有村君をここにひとり残していくことにどうしても抵抗を感じる。それでは彼女を裏切る恩知らずになってしまう気がするんだよ」

つまり、恩があるから、このまま彼女をひとりにしたくないというのだ。

「お父さん……」

璃子は内心、愕然《がくぜん》となった。父は、家族を思い出せないことに悩んでいるのではなく、塔子をひとりにすることを迷っている。

璃子はとつぜん、父を自分の家族ではなく、塔子のものであるかのように感じた。自分は、それを奪いに来た悪者なのだ――。

いま、父の中に璃子との思い出はなにひとつない。記憶がすべて塔子との時間なのだとしたら、優しかった父が、献身的に面倒を見てくれる彼女を大切に思うのも無理はない。

だが、璃子や母との間にだって、ほんとうは思い出があるのだ。平凡だけど、お互いを思いやって暮らしてきた長くてかけがえのない日々が。

わたしたちとの時間は、どこへ消えてしまったの？

お父さんはわたしたちのことはどうでもいいの？

璃子はそう叫びたくなる。

けれど父は思いつめたような表情のまま、目を伏せた。

無口だったはずの父が、こんなふうに胸の内を吐露《とろ》するなんて、それほどまでに父も追いつめられて困り果てているのだろう。

「記憶さえ戻ればいいのに……」

璃子は切実にそれを望みながらつぶやく。

そうしたら、父は迷わず家に帰ってきてくれるだろう。恩はまた違う形で返すことができると思うのだ。ここに残ること以外に――。

遥人はじっと無言のまま、ふたりの会話を見守っている。

こんな身内の不毛なやりとりを見られて、璃子は急に恥ずかしいような気持ちになった。同時に、もう父の前からは去ってしまいたくなる。

すると、璃子の胸中を察したのか、

「あっちに祠《ほこら》があるみたいだ。行ってみる?」

遥人がだしぬけに、境内《けいだい》の西奥のほうを指さして璃子を誘ってきた。

たしかに、紫陽花《あじさい》の垣根伝いに石組みの祠が見えた。

「あ、ほんとだ。……ちょっと見に行ってきます」

璃子はほっとして、黙ったままの父に軽く頭を下げて遥人と歩きだした。

父にわざわざ頭を下げて挨拶《あいさつ》することなんて、もちろんこれまではなかった。口調だって、自分でもわかるくらいに硬くぎこちない。

他人でもないし、家族でもない、血だけが繋《つな》がっている宙ぶらりんの奇妙な距離感がそうさせるのだろうか。

璃子はもう、父のほうを見ることはできなかった。

6.

夕食は信州《しんしゅう》らしく、銘店《めいてん》の手打ちそばと青菜《あおな》のおやきだった。

けれど味わう余裕はあまりなかった。

 やや気まずく別れた父と、ほがらかな塔子と、こういうときはソツのない対応をする遥人と大人しい璃子とで、文房具店の出来事や、柏山神社での神事についてのあたりさわりのない会話を、奇妙なほどになごやかにしながら、滞《とどこお》りなく食事を終えた。

ときおり塔子の家族の話題にふれることがあった。彼女は父が教えてくれたとおり、夫と子供を事故で亡くしていて、ずいぶんと心を痛めていたようだった。

「寝室として使えそうな部屋がひと部屋しか用意できないのだけど、おふたりは一緒でいいわよね？」

食事の後片付けに移るとき、塔子が流しに皿を運びながら訊いてきた。

璃子はどきりとした。当然ながら、遥人とは恋人同士だと思われているようだ。

「え、えっと、わたしは……」

ここで男女の関係を意識して断るのも、かえって自意識過剰《かじょう》に思えて、璃子は言葉をつまらせた。自分としては、適当に畳《たたみ》の間にでも雑魚寝《ざこね》するつもりだったのだが。

「俺はあっちのソファで寝ますよ」

遥人が気をきかせてか、キッチンと続きのリビングにあるソファを指さして言った。

「そんな……、ハル君、いいの？」

なんだか申し訳ない。

「でも神楽君だと、あのソファじゃ狭くて体を痛めそうね。隆史さんの部屋に用意しましょうか？」

塔子が気遣う。

「ソファで大丈夫です。どこでもわりと快適に寝られるタイプなんで」

「男らしくていいわね。じゃあ、璃子さんが二階の空き部屋ね。片付けが終わったら支度《したく》をするわね」

塔子は皿洗いをはじめながら、ほほえんで言った。

「手伝います」

璃子が布巾《ふきん》を見つけて皿を拭きはじめると、塔子は片付けが早く終わるので助かると喜んでくれた。

「かわいい花瓶《かびん》」

璃子はキッチンの棚《たな》の小さな花瓶に気づいて、思わずつぶやいた。

赤や黄色、ピンクや緑など、さまざまな色でいびつな丸の模様が描かれている。その不統一さが、かえってかわいらしいのだ。

「ああ、それ、娘が幼稚園で作ってきたの。模様をつけただけなんだけどね」

「茉奈ちゃんですか？」

「ええ」

ほほえんで頷《うなず》く顔が、どこか淋しげに見える。

「このお花もかわいいですね」

花瓶には、榊《さかき》といっしょに薄紫色の小花が集まった瑞々《みずみず》しい花が飾られている。

「ええ。ライラックね。よい香りの花だけれど、切り花にするとどうしても香りがなくなってしまうわね」

「一緒に飾ってあるのは榊ですよね。よく神棚で見かけます」

「ええ。榊は神の依代《よりしろ》とされている植物なの」

塔子は洗い物を続けながら、訥々《とつとつ》と話しだす。

「茉奈とね、ときどき裏の山に榊を取りに行ったわ。それを取りに山路を歩くときは、いつも決まって茉奈の小さな手が私の手をきゅっと握っていたのね。私はてっきり、登りで疲れたり、足を滑らせるのが怖かったからだと思っていたけれど、ある日、訊ねてみたら、茉奈がお母さんを守ってあげているんだって言ったのよ」

「優しい子ですね」

「そうよね。その手の感覚がいまも忘れられなくて、榊を取りに行くたびに思い出すの。きっと一生忘れないわね。それこそ記憶喪失《そうしつ》になっても、あのやわらかくてかわいい手の感覚だけは覚えてるわ」

塔子は、目を伏せて幼い娘を偲《しの》ぶ。

「父も、文字をだれかに教えていた感覚だけは残っているそうですね」

「ええ。そうみたい。もしかしたら、あなたに教えていたとか?」

「はい。教わりました。きっとそのときの記憶なんだと思います」

小学生のころ、毎日、父の書斎で、字がきれいに書けるよう教わった。懐かしい思い出だ。これが、自分だけの思い出になってしまったとは寂しいことだと思う。

「隆史さんの記憶、はやく戻るといいわね」

璃子の胸中を察したらしい塔子が、水道の蛇口《じゃぐち》を閉めてほほえんだ。

「はい……」

やはり、塔子はいい人なのだ。父を助け、璃子たちが元の家族に戻れるよう、とりなしてくれる。こんな女性《ひと》だからこそ、父もここにひとり残すことをためらっているのかもしれない。

いっそのこと、いじわるで嫌な女性だったらよかった。それなら璃子も、家族から父を奪った相手として、彼女を堂々と恨めしく思うことができたのに。

璃子は複雑な感情をもてあましたまま、それきり、黙々と皿拭きを続けた。


その後、璃子は風呂に入った。

家屋自体は古くても、キッチンや風呂場などの水回りは新しく、湯船もゆったりとした大きめのものだった。

入浴剤の溶け込んだ良い香りのする湯船に浸かると、束《つか》の間《ま》ほっとした。

風呂からあがった璃子は、塔子に借りた藍染《あいぞ》めのシンプルな浴衣《ゆかた》を着た。

リビングに顔を出すと、寝床の支度を終えた塔子が、残務処理を行うと言って社務所《しゃむしょ》に戻っていった。父は私室に籠《こも》っているようだった。

璃子は、まだ二階に支度された寝床に向かう気にはなれず、だれもいない和室の縁側《えんがわ》を見つけると、なんとなくそこに向かった。

少し涼みたくなって広く窓をあけると、わずかに湿気をはらんだ夜気が忍びこんできた。軒《のき》のむこうの夜空を見上げれば、雲ひとつもない満月だった。

青白い月光が夜の庭に降りそそいでいる。

よく手入れされた庭木は、みなひっそりと息をしているふうで、ときおり流れるゆるやかな夜風に、わずかに枝葉を揺らしているだけだ。月明かりが届かない場所は、黒々とした闇に沈んでいる。

スマホで時間をたしかめると、夜の九時半をまわったところだった。

庭にぼうっとクラゲのような人魂《ひとだま》らしきものが見えたが、これまでにも何度か見てきたものなのでそれほど動じなかった。

頭では、父のことを考えていた。

もしかしたら、父は明日になったら気が変わったと言って、家には帰らないのではないか。

そう思うと怖くなる。父は、気持ちひとつでいつでも他人になれる状況にいるのだ。

しばらくひとりでスマホをいじっていると、風呂からあがった遥人がやってきた。

彼は、父の作務衣《さむえ》を借りて着ていた。着流し姿よりも身軽で活動的な印象だった。

「いい湯だった。ふたりしてこんな格好だと温泉旅行みたいだな」

遥人は作務衣の襟元《えりもと》をつまんでつぶやいた。

そういえば、彼は璃子のあとに風呂に入ったのだ。おなじ湯に入ったのだと思うと、恋人同士でもないのによかったのだろうかと妙にどきどきしてくる。

「入浴剤は草津《くさつ》の湯だったよ」

璃子は平静を装って返したが、遥人に自分の浴衣姿を見られるのは恥ずかしくて、崩していた足をひっこめて膝を抱えた。

「風が気持ちいいな」

遥人は璃子のとなりに座った。

かと思うと、そのままごろりと横になった。

「ハル君て、どこでもくつろげる人で羨《うらや》ましい」

「そう？　さすがに大学の講義室とかではくつろがないけどね」

湯上りの遥人からは、石鹼《せっけん》の良い香りがした。

青白い月明かりのみの場所でふたりきりになると、璃子は急に遥人のことを意識してしまい、ますます落ち着かなくなった。

けれど、ふだん文房具店で店番をしているとき、客がいないとこんな状態なのだから、わざわざ気にすることもない。璃子は月明かりを弾いている庭の景色が、文房具だらけの売り場だと思い込むようつとめた。

「ハル君、見て」

　璃子は手にしていたスマホを遥人に見せた。

「記憶障害のことについて、いろいろ調べてみたの」

「へえ」

　遥人は片肘をついて寝ころんだまま、ひらいた画面をのぞきこんできた。

「記憶障害にも、文字や性別すらも判別ができなくなるタイプから、お父さんみたいに、日常生活に差し障《さわ》りはないけど、エピソード的な記憶だけを失くしてしまうタイプとか、様々な症例があるみたい。それに、治癒《ちゆ》した例もたくさんあったの」

　璃子は期待を込めて言う。

「無理に思い出そうとすると頭痛がすることもあるみたいだけど、些細《ささい》なことがきっかけで少しずつ記憶が戻るケースが多いの。お父さんも、時が経つにつれて、なにかちょっとずつ思い出してくれるんじゃないかな。そうしたら、ここでの暮らしなんてすぐに忘れちゃうと思う。記憶さえ取り戻せばこっちのものなのよ」

　璃子は希望を口にすることで、不安を打ち消そうと必死だった。喋《しゃべ》りすぎていると自分でも自覚できるほどに。

遥人がそれに気づかないはずはなかった。

「璃子さん、焦ってる？」

少し、顔をのぞきこまれる。

「うん。……だってお父さん、夕方、境内《けいだい》で話したときだって、まるで他人と会話しているみたいだったし、家に帰りたいとはひと言も言ってくれなくて。……なんだろう、近くにいるのに、どんどんお互いが遠ざかってしまう感じがした」

父には再会できて、すぐそこにいるというのに、顔をあわせるたびにその実感が薄れてゆく。

父の記憶の中に自分がいないという現実を突きつけられるせいだろうか。

いや、ちがう。それだけではない。父が、塔子のために水瀬家に帰ることをためらっているからだ。

「わたし、お父さんになんて言えばよかったのかな」

璃子は膝を抱えたまま、ひとりごとのようにつぶやく。

境内で父が黙りこんでしまった、あのときのことだ。

「璃子さんの気持ちを、正直に伝えるべきだったな」

遥人は責めるのではなく、おだやかに言う。

「でも、お父さんを苦しめたくなかったの」

それはきれいごとで、正確には璃子自身が苦しみたくなかったのだ。もうあんなふうに思い悩む父を見ていたくない。

「苦しめてもいいんだよ。璃子さんはあの人の子供なんだから、言いたいことを言って、甘える権利はあるはずだ」

遥人は理路整然と言う。

「ハル君が言うと、ほんとうに正しいことみたいに聞こえる」

璃子はなぜかほっとして、くすりと笑った。

「……でも親に甘えるのって、大人になればなるほどむずかしいよね」

いきなり泣きわめいて抱きつくわけにもいかない。

相手に父としての記憶がないのだから、なおさら。

「たしかにそうかもな」

遥人も身に沁《し》みたように言って、短く嘆息《たんそく》した。

そういえば、遥人の両親はどうなっているのだろう。璃子はふと気になった。

あの文房具店にはたゑしかいない。たゑは母方の祖母だと言っていたから、離婚しているのだとしても、母親はいてもおかしくはないのに。

それとも両親のどちらも亡くなっているとか――?

知りたい気はあるものの、あいかわらずプライベートなことにまで踏み込む勇気は出ないし、遥人のほうも、あえて話そうとはしない。いまは、話題にすることでもないように思えたので訊くのはやめた。

「わたし、とりあえず明日はひとりで家に帰ろうかな」

璃子は月を眺めて、ぽつりと言った。

「なんで?」

遥人は半身を起こし、璃子とならんで庭を向いて座りなおした。

「記憶がない限り、わたしの知るお父さんはいないの。生きているとわかっただけでいい。いずれ記憶が戻ったら、心から帰りたいと思ってくれるだろうから……」

璃子はあくまで前向きに言った。

しかし、沈黙が落ちた。

遥人には同意してもらえるとどこかで思っていたらしく、反応がないことに璃子は不安を覚えた。前向きのようで、実は現状から逃げるような発言だったかもしれない――。

すると、遥人がたまりかねたように言った。

「お父さんに記憶は戻らない」

「え？」

璃子はぎょっと遥人のほうを見た。

「どうして……？」

「〈黄泉比良坂《よもつひらさか》〉で、記憶と引き換えにきみを守ったからだよ」

遥人は、璃子の目をまっすぐに見つめ返して告げた。

いきなり〈黄泉比良坂〉が出てきた。

「なに言ってるの、ハル君。わたしを守ったって……」

璃子はずいぶん話が飛んでしまったように思えて戸惑ってしまう。

すると遥人は庭に視線を投げ、あらためてゆっくりと話しはじめた。

「お父さんは、登山中にあやまって足を滑らせて谷間に落ちてしまい、瀕死《ひんし》の状態になった。それで〈黄泉比良坂〉をさまようことになったんだ」

「やっぱり、お父さんもそこに行ったの？」

璃子にはその〈黄泉比良坂〉が、いまいちどういうところなのか想像がつかない。臨死《りんし》体験をするような人はみな、そこに行くことになるのだろうか。

「お父さんはたまたま質屋に辿《たど》りつき、勧められるままに未来を視てもらった。浮世で瀕死の状態にある自分が、この先どうなるのかを知りたかったんだろう。そこで偶然にも、娘が——つまりきみが近い将来に交通事故で失明することを知ったんだ」

「交通事故で失明？」

璃子はここへ来る前に、交通事故に遭《あ》っているが。

「失明は、眼球に直接ダメージを受けた場合だけじゃなく、頭部損傷が原因でも起こりうるんだ。交通事故で失明する場合、後者のパターンがけっこう多いらしい」

「じゃあ、ほんとうなら、わたしはあのとき失明するはずだったということ？」

「ああ。それできみの失明を知ったお父さんは、どうにかしたいと店主に訴えた。すると店主が、記憶をすべて差し出せば娘の失明を食い止めることができると教えた」

璃子ははっとした。

「もしかしてお父さんは——」

「そう。お父さんは、店主に記憶を売ったんだ。きみの瞳から、光が失われないように」

遥人は璃子に視線を戻し、慎重に言う。

「まさか、そんな……」

璃子はわななないた。

父が記憶を売った？　わたしを助けるために？

「でも、記憶と引き換えにって……、そんなこと、可能なの……？」

璃子はにわかに息苦しくなってきて、呻《うめ》くようにつぶやいた。理屈はわからないでもないが、記憶は形のある物ではないからふつうは売買などできない。

「あそこでは、浮世の常識は通用しないから、頭をやわらかくして考えたほうがいいよ」

遥人は、そこは淡々と言う。

しかし璃子は唐突《とうとつ》に、遥人はなにを話しているのだろうと不思議になった。たったいままで、この目で見ていたもののけの存在すらも、夢かまぼろしだったかのように思えて、この非現実的な話についてゆけなくなる。

「そんなの、ほんとうのことなの、ハル君。どうして〈黄泉比良坂〉に行ったりできるの？　それってどこなの？　そんなところ、ほんとうにあるの？」

璃子は否定してほしくて必死に問いつめるが、

「あるよ」

遥人は、信じざるをえないのだと言いたげな、どことなく苦い表情で頷《うなず》いた。

「ハル君……」

璃子が彼の顔つきから感情が読み取れないでいると、彼は話を戻した。

「……俺は、なぜきみにもののけが見えるようになったのか、ずっと不思議だったんだ。でも、これでわかった。きっとお父さんのおかげなんだ」

「お父さんの？」

「そう。きみは視力を父に守られたから、見えてしまうようになったんだと思う」

　父の事情とかさなる、なにか特別な力にひきずられて見えるようになってしまったのだろうと彼は言う。

「秩父の山に登ったはずのきみの父が、この長野の山村で見つかったなんて奇妙な出来事も、もののけ絡みで起きたことなんだよ」

　父はふとしたことで、あの世の入り口に迷い込んでしまい、そこで偶然、〈黄泉比良坂〉の質屋の店主から、事故によって娘が失明するという予言を受けた。

　そしてそれを阻止《そし》するために記憶を売り、娘を救った。

　その後、父はたまたまこの地で見つけられ、助かったというのだ。

「そんな……、そんなの、ぜんぶうそよ……」

　悲しみに似た、得体の知れない不安定な感情がどっと押し寄せて、璃子の顔は歪む。

　自分のせいで父に記憶がないなんて。

　わたしの視力と引き換えだったなんて。

　信じたくないし、信じられない。

「このことは、憶測も交えて質屋の主が教えてくれたことだけど、お父さんが記憶を彼に売ったのだけは確実なんだ。……だから、お父さんに記憶が戻ることはもう二度とないんだよ」

遥人は夜の静寂に溶け込むような、落ち着いた声音《こわね》のまま告げた。

璃子は愕然《がくぜん》と目を伏せた。

娘のために記憶を捨てるだなんて。

いまの父は、そうした経緯も覚えていないのだから、もうまともに感謝を伝えることさえできない。

記憶が二度と戻らないのなら、いままで一緒に暮らした時間がはじめからなかったようなものだ。字を教わったり、一緒に山に登ったり……、特別な暮らしをしてきたわけではないけれど、あの平凡でささやかな日常の積み重ねは、父にだって大切なものだったはずなのに——。

「お父さん、わたしのせいで……」

璃子は自分を責めるしかなくなる。

「いや、璃子さんのせいじゃない」

遥人は即座に否定した。

「だって、もしきみが父の立場だったらどうした？」

「わたしが、お父さんだったら……？」

もし自分に子がいて、その子が失明するとわかったら。

「……放ってはおけないと思う」

なにに代えても、阻止したいと感じる。

「そうだろ。親が無理をしてまでも子を守ってしまうのは、自然なことなんだよ」

父の選択は間違っていない。

これは、璃子を大切に思ってくれる父が望んだことなのだ。

「いま璃子さんにできるのは、お父さんが守ってくれた目を大切にして前向きに生きることだ。お父さんは生きている。記憶を取り戻す以外にも、家族をやりなおす方法はあると思う」

遥人はじっくりと沁《し》みるような声音で、諭《さと》すように言う。

「家族をやり直す……」

璃子は遥人の言葉を反芻《はんすう》する。

そうだ。たとえ記憶がなくても、このおなじ空の下で生きているのだから、もう一度、やり直せる。父のことは、母にも話して、みんなで乗り越えてゆけばいいのだ。

父の消息を知りたがったのは璃子自身だ。父が生きているというのに、その答えに落ち込んでいる場合ではない。

この両目は父が助けてくれたから見えている——そう意識して、璃子は縁側《えんがわ》から空をあおいだ。

夜空にはあいかわらず満月が煌々《こうこう》と輝き、彼方《かなた》に白い雲が細くたなびいていた。

この世界が見えるのは父のおかげなのだと思うと、胸がいっぱいになる。

「わたし、お父さんに言わなくちゃ。一緒に家に帰ろうって」

一緒にいたいという気持ちを、娘として父にきちんと伝えるのだ。塔子に遠慮《えんりょ》して身を引く必要なんてない。父は璃子のことを心から大切に思ってくれている。だからこそ、璃子の目はいま、見えているのだから。

璃子は遥人のほうを見た。

遥人は、父に過去の記憶がないことも、その理由も知っていた。だから知らせるかどうかを迷った。こうして璃子が落ち込んでしまうことも、見抜いていたのにちがいない。

「ありがとう、ハル君。なんか元気出た」

険しかった璃子の顔がほころんだ。

「ああ。今夜はもういろいろ話したから、お父さんに気持ちを伝えるのは明日の朝だな」

遥人もほほえんで言った。優しい笑みだった。

7.

その夜。
二階の空き部屋で眠りについた璃子は、火事の夢を見た。
目の前になにか黒い化け物がいて、璃子に向かって火の塊《かたまり》を吹いてくる。
火の塊はあたりの枯れ草に燃え移り、炎となってめらめらと燃えあがる。
やめて、こっちに来ないで。
璃子は走って逃げようとするのに、枯れ草が邪魔して足がもつれる。
逃げても逃げても化け物は追いかけてくる。
やがてあたり一面が火炎に包まれ、行き場がなくなってくる。
烈火が四方八方から迫り、体が熱くてたまらない。
やめて、助けて……！
璃子は泣きそうになりながら叫ぶけれど、声にはならない。
目の前が炎の海に変わり、いよいよ火に呑《の》まれそうになるとき、はっと目が覚めた。
夢だったのだ。

そう思って息をついたとたん、パチパチと枯れ枝が燃えて爆《は》ぜるような音がした。

それになにかが焦げたような臭《にお》いもする。

璃子は部屋の一番奥の窓際《まどぎわ》で寝ていたが、音や臭いは窓の外からではなくて、正反対の襖《ふすま》のほうからしてくるようだ。

「ひっ」

あわてて身を起こした璃子は、息を呑んだ。

なんと襖の横にあった小さな木製のゴミ箱が火を噴いて燃えていたのだ。

火はまたたくまに壁を伝い、室内に広がりだす。

「火事……」

璃子は夢とおなじ光景に、驚愕《きょうがく》した。

塔子を呼ばなくては。いや、そのまえに消火だ。出入り口がふさがれてしまう。

璃子は起き抜けのおぼつかない感覚のまま、あたふたと寝床を出た。ところが、

「あっ」

そこで、おりよく襖があいて塔子が入ってきた。

いまは深夜のはずだと思ったが、幸運だった。

「塔子さん！　火が出て……、火事です」

なぜ突然、室内で発火したのかはわからないが、とにかく璃子は彼女のほうへ行こうとした。ところが、

「そうね。うまい具合に火が出てくれたようね」

塔子は後ろ手に襖を閉め、冷ややかに璃子を見据えて言った。

「塔子さん……？」

偶然、ここへ来たのではないようだ。人相が別人のように剣呑《けんのん》なものに変わっている。

「どうしたの、塔子さん、火を消さないと……」

璃子が戸惑いながら言うと、塔子は不穏《ふおん》な笑みを浮かべながら、璃子のほうに数歩、近づいてきた。

「いいのよ、燃えてしまえば。あなたごと、みんな」

「え……？」

この女《ひと》は、なにを言っているのだ。

「隆史さんはね、ほんとうはここにいたいの。でも家族が迎えに来たから、仕方なく帰ろうとしているだけ。無理やり連れていかれるのよ」

「塔子さん……？」

塔子は酷薄《こくはく》な笑みを浮かべて続ける。

「記憶がないのに家に帰ったって、知らないことだらけでつまらないわ。隆史さんは、私と一緒にここで暮らすべきよ、そのほうがずっと幸せになれるわ」

「塔子さん……」

昼間は好意的で、常に希望を与えてくれるような口ぶりだったのに。

「あなたは邪魔なの。もう消えてちょうだい、璃子さん！」

塔子の目は本気だ。

「消えてって……」

璃子は青ざめる。まともな人間の発言とは思えない。

「もちろん、ここで焼け死んでもらうのよ」

璃子は悲鳴をあげそうになった。死ぬだなんて。

「焼け死んで消えて！」

塔子はくりかえし、憎悪を漲《みなぎ》らせた目でこちら睨《ね》めつける。

声は、炎とともに凄《すご》みを増している。

「塔子さん……」

常軌《じょうき》を逸《いっ》している。いったいどうしてしまったというのだ。

璃子はわけがわからないまま、その場にただ震えながら立ち尽くす。

室内は、煙と炎でしだいに熱くなり、息苦しくなってくる。

そこへ、騒ぎを聞きつけたのか、襖が荒々しくあけられ、塔子のうしろに遥人があらわれた。

「ハル君！」

璃子は思わず叫んだが、遥人の表情には焦ったようなところがまったくなかった。むしろ、この状況を予想していたかのように落ち着き払っている。

「璃子さん、その火はまやかしだよ。気を強くもっていればなんでもない。火傷《やけど》を負ったり焼け死ぬようなこともないんだ」

至ってふだんどおりの口調で言いながら、塔子の脇《わき》を抜けてふつうに璃子のほうにやってくる。

たしかに彼は、火の燃え盛っている璃子と塔子の境を平然と乗り越えている。

「だまれ、若僧！」

彼の背後で、塔子がカッと目を見開いて怒鳴り声をあげた。

璃子は、火の上を歩いているように見える遥人に釘づけになる。

「まやかし？　でも、火が……、ハル君、焼けてしまう……」

璃子の目には、たしかに揺れる炎が鮮明に映っている。肌を撫《な》でる熱風だってまやかしなどとは思えず、煤臭《すすくさ》い空気から逃れたくて口元を覆《おお》う。

「だめだよ、璃子さん。熱いとか、燃えるとか意識したら終わりなんだ」

璃子にとっては現実になってしまうのだという。

「そんな、無理よ。だってすごく熱い……！」

現に、絨毯《じゅうたん》は焼け焦げて、煙は璃子の気道を苦しめているではないか。煙だってもうもうと立ちのぼり、璃子の目を刺激してくる。涙が出てくる。

「まずいな」

璃子のもとに来た遥人は舌打ちし、璃子の二の腕をつかんで彼のほうに引きよせた。

「ひゃっ」

そのまま、いきなり抱きすくめられて璃子は目をむいた。

璃子の体はすっぽりと遥人の腕の中だ。

「驚いた？」

耳元で問われた瞬間、璃子の視界から炎が、ふっと消えた。

一瞬にして、嘘のようにきれいに。

そして璃子の五感も、炎から自由になった。

「え？」

室内は水を打ったように静まり返り、璃子は何度も目を瞬いた。

「火が……消えた……」

「塔子さんはもののけに憑《つ》かれている。お父さんを手放したくないあまり、よくないものにつけ込まれてしまった。さっきのは、そのもののけが見せていた偽物の炎だったんだよ」

遥人が間近《まぢか》から目をみつめ、噛《か》んで含めるように言い聞かせてくる。

「そんな……、父には家に帰るよう言ってくれたのに」

心の底では、それを望んではいなかった——？

「隆史さんがここに留まることを望んでいるんですもの、邪魔はさせないわ」

「残念ながら、隆史さんはもうそれを望んでない。彼はまもなく家族のもとに帰るよ」

遥人はあっさりと切り返す。

「ほら、こいつを見ろよ」

彼は、懐《ふところ》からなにかの紙切れを取り出した。

「それは……」

昼間、璃子が七夕《たなばた》飾りに飾った短冊《たんざく》だった。

「さっき寝る前に、隆史さんと話したんだ。彼は夕方、七夕飾りに璃子さんが書いたこの短冊が吊るされているのに気づいて、家に帰りたいと思うようになったそうだ」

「短冊を見て？」

「そう、見たのは願い事の内容じゃなくて文字だよ」

「文字？」

璃子はきょとんとする。

「隆史さんは、たしかに昔、だれかに習字を教えていたことを体が覚えていると感じていたらしい。そしてこの短冊の字を見て、その相手が娘の璃子さんであったことに思い至った。自分とそっくりの字を書いた璃子さんを、実の娘だと実感したんだよ。それで、家へ帰りたい、と言いだした」

父の心が変わったということだ。

璃子は、遥人が手にしている短冊を、じっと見つめる。

短冊の字は、自分が見てもきれいに書けたほうだった。あのとき、心から父に記憶が戻ってほしいと願った。字は気持ちを込めて書くと、より美しくなるものだ。

筆跡が似ているのは、やはり父に教わったからだろうか。

母にも、ふたりの筆跡はそっくりだとよく言われた。

父娘の絆《きずな》は、万年筆よりも文字そのものにあったのかもしれない。

璃子は、遠かった父の存在が、にわかに身近に感じられるようになった。

そして父に会いたいと思った。たとえ記憶がなくとも、もう一度、一緒に暮らしたい。やっぱり家に帰ってきてほしいと正直に告げなおしたい。

一方、塔子は、唇をかみしめ、恨めしげにこちらを睨《にら》みつけている。

「あなたたちは、私を……、この社《やしろ》にひとりにするの？」

恐れと怒りと哀しみのないまぜになった悲痛な声が、璃子の鼓膜《こまく》を震わす。

たしかに璃子だって、父が行方《ゆくえ》知れずというだけでも苦しかった。いつもいるはずの人が、ふといなくなってしまう、あの絶望的な喪失感《そうしつ》。

頼りになるはずの夫はもちろん、子の命まで奪われてしまった塔子は、どれほどつらかっただろう。そう思うと胸が痛む。

しかし遥人は、わななく塔子に凪《な》いだ表情で淡々と返す。

「そう、ひとりはいやだよな。でも、あんたは親子の絆がどれほどに深いものか、それもわかっているはずだろ。それなのに、この父娘をバラバラにするのか？」

問われた塔子は絶句した。

声はなく、涙だけがつう、と彼女の頬《ほお》を流れる。

「俺なら、自分がつらい思いをしたようなことは、他の人には味わわせたくない。死んだ夫や茉奈ちゃんだって、そんなことは望まないんじゃないの？」

そこまで遥人が言うと、拠《よ》り所《どころ》をなくして棒立ちになっていた塔子は目を伏せた。

我が子の名を聞いて、その小さな手が自分の手を握ってくれた感触が、そのささやかな喜びが脳裡《のうり》によみがえったのだろうか。

彼女は、面《おもて》を覆《おお》ってその場に泣き崩れた。

静まり返った室内に、塔子か、あるいはもののけのすすり泣きだけが響く。

「塔子さん……」

璃子は塔子のもとに駆けよろうとして、遥人の腕の中で身じろぎした。

そのとき、ふと、彼の熱を感じた。

「あれ……？」

浴衣《ゆかた》越しに、たしかに彼の体温が伝わってくる。ひと肌のぬくもりだ。

つまり遥人は黄泉返《よみがえ》りなどではなく、ちゃんとした人間ということになる。

ずっと黄泉返りだったらどうしようとどこかで不安に思っていたけれど。

そんなことはなかった。ふつうの人間だったのだ。

炎の幻惑《げんわく》からも逃れられたので、ほっと人心地がついた。

背丈のある遥人の腕の中にいるのは、思いのほか安心感があった。こんなふうに男の人に庇《かば》ってもらえるのっていいなと名残《なごり》惜しく思いながら、璃子は遥人からはなれた。

そこへ人の足音が近づいてきて、出入り口のところから寝間《ねま》着《き》姿の父がひょいと顔をのぞかせた。

「大丈夫かね？　なにか、口論するような声が聞こえたから心配になって見にきたんだが」

「隆史さん……」

泣きやんでうずくまっていた塔子が、はっと目が覚めたかのように背後をふり返った。

声は掠《かす》れていたが、憑きものがとれて、いつもの塔子に戻ったという印象だった。

「大丈夫です。ちょっとゴキブリが出ただけです」

遥人がそれまでとおなじ、凪《な》いだ口調で言った。

「仕留めることはできたのかね？」

「はい」

「そうか。それならよかった」

父はほほえんだ。不思議なことに、父はこの顚末《てんまつ》にはまったく気づいていないようだ。

それから璃子のほうを見て、

「おやすみ。明日は東京だね」

そう言って父は部屋を出ていった。まなざしは、なにか心待ちにしているような明るさをたたえていた。

「おやすみなさい……」

璃子は、父に自分の気持ちを伝えそびれてしまったと思った。


翌朝。

朝ご飯をごちそうになった璃子と遥人は、家に帰る身支度《みじたく》を整えた父とともに、有村家の玄関で塔子に別れを告げた。

ゆうべの出来事は、塔子の記憶には曖昧《あいまい》にしか残っていないようだったが、彼女は何度も詫《わ》びて、父との別れをおだやかに受け入れてくれた。

「さみしくなります」

塔子は父をあおいで言った。

名残惜しげなせりふだったので璃子はどきりとしたが、見れば彼女はさっぱりとした顔をしていた。

「世話になったね。また落ち着いたら連絡するよ」

父が塔子と交わした最後の言葉はそれだった。

8.

父が璃子とともに東京の水瀬家に戻った日、母は、玄関で父を見るなり泣きだした。涙は、父が事情を話しているあいだじゅう流れていた。

母の頬に流れているのは、哀しみの涙ではないとはっきりわかった。生きていた、まずはただそれだけでいいのだ。記憶などなくても、また一緒に暮らしていけば思い出はできる。

その後、過去の写真や手書き文書などを見た父は、自分の過去におおいに納得して、水瀬家で暮らすことをあらためて決心した。そして会社に復帰する準備などを徐々に進めてゆくことになった。


翌日、璃子はかぐら文具店に出勤した。

その日は退院後の経過を診《み》てもらうために病院に行かねばならなかったので、少し遅れて店に出た。

「おはようございます。遅れてごめんなさい」

勘定場《かんじょう》の奥から顔を出すと、遥人がキャンディーを咥《くわ》えながら売り場の整頓《せいとん》をしていた。

「おはようさん」

小学生の波が去ったあとは、たいてい売り場が乱れているので、一度は整頓に入ることになる。

「今朝は竹ひごがよく売れたんだ」

「こんな時期に？　図工に使うのかな？」

「算数らしいよ。空間造形の単元にでも入ったのかもな」

璃子も売り場におりて整頓を手伝いはじめた。

マス目の大きさごとに分けられているはずのノートが、あべこべに置かれていた。買わない品物を元の枠《わく》に戻さない客は意外にも多い。

「お父さんのようすはどう？　元気にやってる？」

遥人はさりげなく訊いてきた。

「うん。もともと苦手だったピーマンがやっぱり食べられなくて、実は記憶は戻ってるんじゃないかってお母さんを怒らせてるわ」

こんなありふれた日常の出来事も、いま水瀬家では、きらめく宝石のように価値がある。

一方で、気がかりなこともある。

「塔子さん……。父がうちに帰ってしまっても、ほんとうによかったのかな」

璃子はノートの角を揃《そろ》えながら言った。いまだに彼女に対する遠慮《えんりょ》やうしろめたさみたいなものがどこかにあるのだ。

「寂しいだろうけど、仕方がないさ。ほんとうの家族がそばで支えてくれるのなら、彼女はもう必要ない。あの人はそれを理解してくれたはずだよ」

「そうだよね……」

はじめから、頭では十分にわかっていたのにちがいない。

「でもわたし、塔子さんにはもう一度会わなくちゃ」

「なんで？」

遥人は手を止めて、璃子のほうを見た。

「だってわたし、長野にいるあいだ、塔子さんのことがずっと恨めしくて……」

自分が恥ずかしくなって、璃子は顔をうつむけた。

「父を助けてくれた恩人でもあるのに、そんなふうにしか思えないなんて、なんて心が狭いんだろうって苦しかった。ずっとあやまらなくちゃいけないって……」

でも、結局あやまれずに、父を連れて帰ってしまったからだ。璃子はそんな自分自身がどこかでいやだった。

「そういうのは自然な感情だよ。優しい璃子さんがそう言いだすんじゃないかって、塔子さんも心配してたけど」

「そうなの？」

璃子は目を丸くした。

「あそこを発《た》つ日、璃子さんがいないあいだに少し彼女と話したんだ。そのときに言ってたよ。あんな恐ろしい目に遭《あ》わせてしまったけど、感謝してるって」

「感謝？」

「夫と子供を亡くして抜《ぬ》け殻《がら》のような日々を送っていたけど、きみのお父さんとの出会いがあったから立ち直る準備が出来たって。お父さんと過ごした一年あまりのあいだに心の傷が癒《い》えたんだ。そのことに気づけたのは、俺たちがあらわれて、ぜんぶふっきれたおかげだってさ」

「そうだったの……」

塔子の意外な胸の内を聞かされ、璃子は心が軽くなるのを感じた。

結局、あの女性が見つけてくれなかったら父は戻らなかった。生きていたかどうかすらも危ういのだ。璃子も塔子には感謝せねばならない。またいずれ、あらためて家族で礼を言いに行くことになるだろう。

「で、婚前旅行はどうだったんだい？」

売り場もきれいになったので、璃子が勘定場に戻りかけると、いきなりたゑが奥から登場した。

「お、おはようございます、たゑさん。なんのことですか？」

婚前旅行だなんて。

「キイが言っていたぞ。葉介とふたりして婚前旅行に出掛けたのだと」

「そんなことになってたんですかっ」

うしろに遥人がいるので、璃子はあわてた。

「スティックのり3本入りが欠品だな」

たゑのせりふを聞き流した遥人は、咥えキャンディーのまま在庫管理をはじめている。

「そういえば、ハル君はやっぱりふつうの人間なんだね」

思い出したように璃子は言った。

「ん？　ふつうに見えなかった？」

遥人がこちらを見た。

「うん。ずっと疑ってたの。たゑさんが言うみたいに、葉介さんの黄泉返りなんじゃないかって」

この店にいるときは、とくに浮世離れして見える。見慣れない着流し姿だからだろうか。

「へえ。そんで、いまはどうなの？」

遥人は興味深げに問い返す。

「やはり葉介だろうが」

たゑは譲《ゆず》らない。が、

「ううん、違うってわかりました」

璃子は確信をもって言いきった。

「どうして？」

「このまえ、ちゃんと温かかったから。塔子さんちで抱き締めてくれたとき」

「なんと、さっそく同衾《どうきん》したのかい」

「婆ちゃんは黙っててくれよ」

璃子は、呆《あき》れる遥人にかまわず続けた。

「生きているんだなって思った。生きている人のぬくもりだなって。……お父さんの記憶がないとわかってショックだったのに、そのことだけはほっとできたの」

ふたたび炎のまやかしに呑《の》まれないよう、遥人の熱が自分をそばに留めてくれるようだった。

思い出すと、頬《ほお》が赤くなってくる。恋人同士でもないのに、かなり密着していた。

「ふむふむ。父親の記憶喪失《そうしつ》の哀しみを、葉介が癒《いや》してくれたということだな」

あながちまちがってもいないように思えて、璃子ははにかんだ。このいまも気恥ずかしくて、なんとなく遥人の目を見ていられない。

するとたゑが言った。

「しかし黄泉返りといっても、生身の人間としてちゃんと蘇《よみがえ》っているのだから、もののけのように冷たくはないのだぞ」

「えっ？」

璃子はぎょっとした。

「じゃあ、ハル君はやっぱり……」

「いかにも。葉介の黄泉返りだ。さっきからそう言っとるだろうが」

たゑがすかさず断言した。

「そうなの、ハル君？」

璃子はぎょっとしてしまう。

「璃子さんの想像におまかせするよ」

遥人はにやにやしながら、ふたたび売り場に目を戻す。

「そんな……、結局どっちなの？」

璃子をからかっているようにも、真実をはぐらかしているようにも見えて、璃子はまた、遥人の正体がどっちだかわからなくなってしまったのだった。

※この作品はフィクションです。実在の人物・団体・事件などにはいっさい関係ありません。

集英社オレンジ文庫をお買い上げいただき、ありがとうございます。
ご意見・ご感想をお待ちしております。

● あて先
〒101-8050　東京都千代田区一ツ橋2-5-10
集英社オレンジ文庫編集部 気付
高山ちあき先生

かぐら文具店の不可思議な日常　集英社 オレンジ文庫

2016年2月24日　第1刷発行

著　者　高山ちあき
発行者　鈴木晴彦
発行所　株式会社集英社
〒101-8050東京都千代田区一ツ橋2-5-10
電話【編集部】03-3230-6352
【読者係】03-3230-6080
【販売部】03-3230-6393（書店専用）
印刷所　株式会社美松堂／中央精版印刷株式会社

※定価はカバーに表示してあります

ISBN 978-4-08-680066-2 C0193

集英社オレンジ文庫

阿部暁子

鎌倉香房メモリーズ3

秋の鎌倉。今日も『花月香房』は
ゆるり営業中。だけど、雪弥の様子が
少しおかしい…？　そんな折、彼の
(自称)親友・高橋が謎の手紙を持ってきて…。
大好評「香り」ミステリー！

———〈鎌倉香房メモリーズ〉シリーズ既刊・好評発売中———
【電子書籍版も配信中　詳しくはこちら→http://ebooks.shueisha.co.jp/orange/】

鎌倉香房メモリーズ1・2

集英社オレンジ文庫

かたやま和華

きつね王子とひとつ屋根の下

芸能誌の新米編集者・流星《ながれぼし》きららは、
都内の古い洋館で祖母と二人暮らし。
ある朝目を覚ますと、やけに綺麗な
顔をした青年が。遠い親戚の美大生、
流星桜路《おうじ》だという彼は、
じつは九尾の狐の子らしくて——!?

集英社オレンジ文庫

小湊悠貴

ゆきうさぎのお品書き

6時20分の肉じゃが

ある事情から極端に食が細くなってしまった、
大学生の碧。とうとう貧血で倒れ、
小料理屋を営む青年・大樹に助けられた。
彼の料理を食べて元気を取り戻し、
バイトとして雇ってもらうことになり…？

集英社オレンジ文庫

梨沙

鍵屋甘味処改

天才鍵師と野良猫少女の甘くない日常

家出中の高校生こずえは、ひょんなことから天才鍵師・淀川に助手として拾われた。ある日、淀川のもとへ持ち込まれたのは、他の鍵屋では開かなかった鍵で…。

鍵屋甘味処改2

猫と宝箱

淀川のもとに、宝箱開錠の依頼が舞い込んだ。だが、翌日に納期を控え、運悪く高熱で倒れてしまう。こずえは淀川の代わりに開錠しようと奮闘するのだが…。

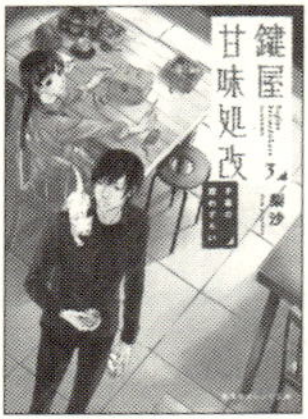

鍵屋甘味処改3

子猫の恋わずらい

GWにこずえは淀川の鍵屋を手伝っていた。ある日、謎めいた依頼が入り、こずえたちは『鍵屋敷』へ向かう。そこに集められていたのは、若手の鍵師たちで…。

集英社オレンジ文庫

せひらあやみ

建築学科のけしからん先生、
天《てん》明《みょう》屋《や》空《たか》将《と》の事件簿

建築学科的ストーカー騒動、
愛する『彼女』誘拐事件、パクリ疑惑……
天才的建築家ながら大学講師として緩々《ゆるゆる》暮らす
天明屋空将が、事件の謎を解く!

集英社オレンジ文庫

香月せりか
原作／高梨みつば

小説
スミカスミレ

家族の介護に追われ、気づけば六十歳に
なっていた澄。ついに一人になった時、
黎《レイ》という不思議な猫が現れた。
「青春をやり直したい」という澄を、
黎は十七歳に若返らせてくれて——!?

コバルト文庫　オレンジ文庫

「ノベル大賞」

募集中！

小説の書き手を目指す方を、募集します！
幅広く楽しめるエンターテインメント作品であれば、どんなジャンルでもOK！
恋愛、ファンタジー、コメディ、ミステリ、ホラー、SF、etc……。
あなたが「面白い！」と思える作品をぶつけてください！
この賞で才能を開花させ、ベストセラー作家の仲間入りを目指してみませんか!?

大賞入選作

正賞の楯と副賞300万円

準大賞入選作

正賞の楯と副賞100万円

佳作入選作

正賞の楯と副賞50万円

【応募原稿枚数】

400字詰め縦書き原稿100〜400枚。

【しめきり】

毎年1月10日（当日消印有効）

【応募資格】

男女・年齢・プロアマ問わず

【入選発表】

オレンジ文庫公式サイト、WebマガジンCobalt、および夏ごろ発売の文庫挟み込みチラシ紙上。入選後は文庫刊行確約！
（その際には、集英社の規定に基づき、印税をお支払いいたします）

【原稿宛先】

〒101-8050　東京都千代田区一ツ橋2-5-10
（株）集英社　コバルト編集部「ノベル大賞」係

※応募に関する詳しい要項およびWebからの応募は
公式サイト（orangebunko.shueisha.co.jp）をご覧ください。